UNDERLAND CHRONICLES II

# 地下城

## 灾星预言

GREGOR AND THE PROPHECY OF BANE

[美] 苏珊·柯林斯 (Suzanne Collins) 著
黄静雅 译

新世界出版社
NEW WORLD PRESS

**图书在版编目（CIP）数据**

地下城·灾星预言／（美）柯林斯著；黄静雅译．—北京：新世界出版社，2013．8

ISBN 978－7－5104－4504－0

Ⅰ．①地… Ⅱ．①柯… ②黄… Ⅲ．①儿童文学－长篇小说－美国－现代 Ⅳ．①I712．84

中国版本图书馆 CIP 数据核字（2013）第180299号

**著作权合同登记号：图字** 01－2013－5179

GREGOR AND THE PROPHECY OF BANE


**地下城·灾星预言**

---

**作　　者：**（美）苏珊·柯林斯　**译　　者：**黄静雅
**选题策划：**今古传奇文化　**责任编辑：**丁媛媛
**文字统筹：**吴晓龙　**封面设计：**刘　军
**责任印制：**李一鸣　黄厚清　**出版发行：**新世界出版社有限责任公司
**社　　址：**北京西城区百万庄大街24号（100037）
**发 行 部：**（010）6899 5968　（010）6899 8733（传真）
**总 编 室：**（010）6899 5424　（010）6832 6679（传真）
http：//www. nwp. cn　http：//www. newworld-press. com
**版 权 部：**+8610 6899 6306　**版权部电子信箱：**frank@ nwp. com. cn
**印　　刷：**三河市骏杰印刷厂　**经　　销：**新华书店
**开　　本：**880mm×1230mm　1/32
**字　　数：**160千字　**印　　张：**9．25
**版　　次：**2013年9月第1版　2013年9月第1次印刷
**书　　号：**ISBN 978－7－5104－4504－0
**定　　价：**28．00元

---

献给我的妈妈和爸爸

# 第一部分
# 使命

# 1

格雷戈尔睁开眼睛，直觉告诉他，自己正处在某个东西的注视之下。他眯缝着眼，整个身子尽量保持不动，扫视了一遍小小的卧室。天花板上什么都没有，柜子那儿也没什么异样。然后，他在窗台上发现了它，它一动不动地坐着，只是头上的触角偶尔抖动几下。一只蟑螂。

“你这是在自找麻烦，”他低声对蟑螂说，“你想让我妈妈发现你吗？”

蟑螂摆动了几下触须，无意逃跑。格雷戈尔叹了口气，拿起一个蛋黄酱罐子，倒出里面的铅笔，迅速把蟑螂罩了进去。他甚至都没有坐起来，就迅速完成了这一系列动作。格雷戈尔的卧室原先并不是休息用的，也许只是个用来收藏杂物的储藏室。他的单人床就挤在这个狭小的空间内，到了晚上，他会从走廊走进来，然后直接从枕头边爬到床上去。靠近床脚的那面墙上有一个小小的壁龛，正好可以放一只窄小的柜子——但也仅仅能把上面的抽屉拉开十厘米左右。写作业的时候，他只能把两腿盘坐在床上，在腿上搁一块木板，权作书桌。虽然房间没门，但格雷戈尔毫无怨言。在这里，他有一扇可以看到马路的窗户，房内的天花板很高，也很漂亮。在这里，他享有比公寓里任何人都要多的隐私。没人会进来……除了蟑螂。

公寓里确实有一些蟑螂，但最近似乎只要他一转身，就会发现一只。这些蟑螂既不逃跑，也不躲起来，只是一动不动地坐着，看着他。这真的很反常。

刚过去的夏天，在纽约城地下，有一只巨大的蟑螂为了救他两岁的妹妹牺牲了自己。为此，格雷戈尔发誓，他将永远不会再杀死任何一只蟑螂。但要是被妈妈看见了，老天啊，它们肯定必死无疑。格雷戈尔必须赶在妈妈察觉之前，把蟑螂弄出公寓。天气暖和的时候，格雷戈尔会直接抓住它们，从防火梯放出去。但现在已经十二月了，气温渐渐降低了，他担心蟑螂会被冻死，只好尽他所能，把它们放到厨房堆垃圾的地方。他觉得，蟑螂们会很乐意待在那儿的。

格雷戈尔小心翼翼地端着装有蟑螂的蛋黄酱罐，蹑手蹑脚地穿过走廊，经过小靴子、莉兹和奶奶都睡在里面的一间卧室，然后来到客厅。妈妈已经走了。最近家里急需用钱，她每个周末都会去一家咖啡店上早班，做服务生。平时，她就在一家牙医诊所做接待员。

格雷戈尔的爸爸躺在沙发床上。即便是在睡觉的时候，他也无法安稳下来。他的手指不停抽动着，时不时用力扯几下盖在身上的毯子，嘴里低声地念念有词。他的爸爸，唉，可怜的爸爸……

自从上次失踪之后，爸爸被居住在纽约城地下的大老鼠关押着，做了两年半的阶下囚，整个人差点被毁掉了。在爸爸待在地下王国——那里的居民这样称呼那个地方——的日子里，他饱受虐待，在黑暗中过着忍饥挨饿的日子，连他自己都不愿详说到底经历了怎样的折磨。现在，他每天晚上都会做噩梦，直到醒来后，仍旧无法将现实和幻觉区分开。一旦发烧，这些症状就更严重了。可怜的爸爸还经常发烧，尽管他时不时去看医生，但始终无法摆脱在地下王国染上的奇怪疾病。

在格雷戈尔和小靴子一起跌进洗衣房的隔栏后，他一直在想，等把爸爸救出来，全家团圆了，一切都会好起来的。果然爸爸回来后，家里的一切比原先好了一千倍，但格雷戈尔深知，要让日子回到从前绝非易事。

格雷戈尔悄悄走进厨房，将蟑螂倒进垃圾桶。他把罐子放在柜子上，发现柜子里空空如也。冰箱里还剩半桶牛奶，一瓶苹果汁,还有一罐芥末酱。格雷戈尔踮起脚,打开了橱柜。里面还有半条面包,一些花生酱,一盒燕麦。他摇了摇燕麦盒子,如释重负地吐了口气:这些食物足够他们打发早饭和午饭了。而且今天是星期六,格雷戈尔不用在家吃饭,他要去科尔马奇夫人家帮忙。

仅仅过了几个月的时间，科尔马奇夫人就从爱吵闹的烦人邻居变成了他们的守护天使。爸爸刚从地下王国回来后不久,格雷戈尔就在走廊里碰到了她。

“你这段时间都去哪儿了,小先生?”她问他,“你都快把这栋楼的人担心死了。”于是格雷戈尔便把全家人一起讨论出来的故事讲给她听:就在他在洗衣房消失的那天,他带着小靴子去游乐场玩,刚玩了没几分钟,他们就凑巧碰见了爸爸。爸爸正准备去弗吉尼亚州看望他生病了的叔叔，想把孩子一起带过去。格雷戈尔以为爸爸已经提前把这事告诉了妈妈,爸爸也误以为格雷戈尔已经告诉妈妈了，之后他们便没有后顾之忧地走了,直到回来后才发现自己惹了一个多么大的麻烦。

“哼,”科尔马奇太太严厉地看着格雷戈尔,“我还以为你爸爸一直住在加利福尼亚州呢。”

“之前是的,”格雷戈尔说,“但他现在回来和我们一起住了。”

“我明白了。”科尔马奇夫人说,“这就是事情的全部经过?”

格雷戈尔点点头,心里明白,这个故事编得相当蹩脚。

“哼……”科尔马奇夫人又发出了同样的声音，“换成是我，我会好好编个故事出来的。”说完，她就径直走开了。

格雷戈尔还以为科尔马奇夫人生气了，但几天后，她拿着一个咖啡蛋糕敲响了他们家的门。“我给你爸爸带了一个咖啡蛋糕，”她说，“是用来庆祝他回家的。他在吗？”

格雷戈尔不想放她进来，但爸爸用带着虚假热情的声音喊道：“是科尔马奇夫人吗？”于是她拿着蛋糕，应声闯了进来。

当她一看到爸爸的模样，便立马呆住了——他骨瘦如柴，白发苍苍，正蜷缩在沙发上。她大吃一惊，却并未问个究竟，只是简单地寒暄了几句，聊了聊天气就走了。

几周后，格雷戈尔已开学了。一天晚上，妈妈带回了一条消息，“科尔马奇夫人说，她想在星期六雇你去她家帮忙。”

“帮忙？”格雷戈尔小心地问，“帮她什么忙？”他不想去帮科尔马奇夫人，她会问他好多问题，甚至还会用放在桌上的塔罗牌给他算命，还会……

“我不知道，帮她收拾收拾房子吧。如果不想的话，你也不一定要去。但我觉得这是你挣零花钱的不错方式。”妈妈说。

听到这儿，格雷戈尔就决定去干活了。他这样做既不是为了零花钱，更不是准备用这些钱去看电影、买漫画书之类的东西，他得用这笔钱来支撑这个家庭。尽管爸爸已经回了家，他却没办法立刻重返工作岗位。自从爸爸回到家以后，他出门的次数屈指可数，每次出去都是为了看医生。这个家现在一共六口人，都靠妈妈的工资过活。要花钱的地方实在很多，例如医药账单、学校的开销、衣服、食物、房租，还有其他的生活必需品，只靠妈妈挣的钱根本入不敷出。

“她希望我什么时候过去？”格雷戈尔问。

“她说十点就行。”妈妈说。

去干活的第一个星期六——也就是几个月之前——因为家里没有什么吃的了，格雷戈尔只好猛灌了几杯水，就去科尔马奇夫人家帮忙了。科尔马奇夫人一打开家门，弥漫在空气中的美妙食物的香气就深深吸引住了格雷戈尔，他的嘴里一下子溢满了口水。他不得不使劲把口水吞咽下去，才能把“你好”说出口。

“哦，太好了，你来了，”科尔马奇夫人说，“跟我来吧。”

格雷戈尔尴尬极了，跟在科尔马奇夫人身后进了厨房。炉子上，放着一大锅汤，正咕嘟咕嘟地响个不停，另一个锅里放着意式面片。长桌上放了好多蔬菜。“今天晚上，我常去的那家教堂要举行募捐会，我准备带意式面片过去。别问我为什么。”科尔马奇夫人往一只碗里舀了好几勺汤，将一大块面包放在碗里，往桌上一搁，把格雷戈尔推到一把椅子上，“尝尝！”

格雷戈尔满脸疑惑地看着她。

“尝尝！我必须知道这汤到底适不适合带过去。”科尔马奇夫人坚持道。

格雷戈尔把面包放进汤里泡了泡，咬了一小口。味道太好了，他的眼睛里立马充满了泪水。“天啊！”他一边惊叹，一边囫囵把面包咽了下去。

“你讨厌这汤！它一定很令人反胃，我应该把整锅汤倒掉，去零售店重新买一罐酱汁回来。”科尔马奇夫人说。

“不！”格雷戈尔担心地喊道，“不，这是我喝过的最美味的汤了！”

科尔马奇夫人在他身边丢下一把汤勺，“那就给我全部喝完，再好好洗一下手，用肥皂洗，马上你要帮我切菜！”

在格雷戈尔贪婪地喝完汤吃掉面包后，科尔马奇夫人便让他去切蔬菜，她已经提前把蔬菜在橄榄油里浸泡好了。格雷戈尔将蛋、香料和意大利干酪混合在一起。他们将宽面条、奶酪、酱汁和蔬菜一层层铺开，做成了三个巨大的煎饼。格雷戈尔刚帮科尔马奇夫人清理完厨房，她就宣布午饭时间到了。

他们在餐厅里吃了金枪鱼沙拉三明治，格雷戈尔边吃边听科尔马奇夫人谈论她的三个孩子。她的孩子都已经长大成人了，住在不同的国家。而科尔马奇先生五年前就去世了。格雷戈尔记得，科尔马奇先生人很好，给过他几个硬币，有次还送了他一张垒球卡。“他离开的每一天我都在想念他。”科尔马奇夫人说道。接着，她又拿出了一个奶油蛋糕。

午饭后，格雷戈尔帮助她打扫了一下衣橱，整理出几个盒子，放进了她的储藏室里。两点钟时，科尔马奇夫人宣布今天的工作都完成了。她只问了下格雷戈尔觉得学校怎么样，其他什么都没再问。她送格雷戈尔出了门，付了四十美元的工钱，还送了件她女儿小时候穿的冬衣，以及一份意式面片。格雷戈尔想要拒绝，但科尔马奇夫人说："我不能一次带三份意式面片去募捐会，那儿只收两份。你要是带三份去，大家都会觉得你是在炫耀。到时候我要怎么办？我自己吃吗？我胆固醇那么高！拿着吧，留着自己吃。走吧。下个星期六再见。"说完，科尔马奇夫人"砰"的一声把门关上了。

"她给的太多了，真的太多了。"格雷戈尔想，他可以让妈妈大吃一惊，这些钱可以给大家多买些菜，甚至还能再买三个灯泡，家里有三盏灯早就坏了。莉兹正好需要一件外套，还有意式面片……真是太美妙了。格雷戈尔突然间很想敲开门，把地下王国的事通通告诉科尔马奇夫人，告诉她自己不应该对她撒谎。但他不能这么做……

正当格雷戈尔在回忆中徜徉时，莉兹穿着睡衣，走进了厨房。她的个子在七岁的孩子里算是小的，但脸上却写着和年龄不符的焦虑。"今天有吃的吗？"她急切地问。

"当然了，多得很呢。"格雷戈尔故作轻松地说，"你看，你们早餐可以吃燕麦，中午可以吃花生酱三明治。我现在先把燕麦做好。”

妈妈不许莉兹用炉子。她打开放着碗的橱柜，数了四个碗出来，接着犹豫地问道：“你要吃早饭吗？还是……”

“不啦，我今天早上都没觉得饿。”格雷戈尔这样答道，实际上他的肚子正咕咕叫个不停，“而且我马上要去科尔马奇夫人家帮忙了。”

“那之后我们能去滑雪橇吗？”莉兹问。

格雷戈尔点点头，“嗯，要是爸爸没事的话，我就带你和小靴子一起去中央公园玩。”

在此之前，他们在垃圾堆里找到了一块塑料滑雪板，上面有一道很大的裂痕，但爸爸用厚胶布把它修补好了。早在上一周，格雷戈尔就许诺要带妹妹们去滑雪了，但爸爸一直在发烧，而且发烧时间一般都是在下午，家里必须留人照顾他。同时奶奶也需要人照顾，她还一直以为自己正待在弗吉尼亚的家庭农场里。

“要是他身体还不好，我就待在家里，你带小靴子去吧。”莉兹说。

格雷戈尔知道莉兹想去滑雪想得都快疯了。她只有七岁，为什么生活要如此对待她？

接下来的几个小时，格雷戈尔都在科尔马奇夫人家里帮忙。他煮了一大锅山芋干贝，把她的古董钟表擦得干干净净，还帮忙把贮藏室里的圣诞装饰品取了出来。当科尔马奇夫人问格雷戈尔想要什么圣诞礼物时,他只是耸了耸肩。

在他拿着工钱和一大锅煮山芋干贝准备离开的时候,科尔马奇夫人送了他一件特别棒的礼物——一双她儿子以前穿的工作靴。这双靴子虽然看起来有点旧,穿起来有些大,但却结实耐用,还能防水,鞋带可以一直扎到脚踝上。格雷戈尔之前一直穿着一双运动鞋,那是他唯一一双鞋子,脚趾部分已经开口了,走一点泥水路,脚就会湿上一天,这让他坐在教室里很不舒服。

“你确定他不要了吗?”格雷戈尔问。

“我儿子?他当然想,他只想把这些东西放在我衣橱里占地方,好让他在每年回家时感叹一下,‘嘿,我的旧靴子在这儿。’要是我在拿熨斗时再被这双靴子绊倒一次,我就和他断绝母子关系。趁我还没把它们扔出窗外,赶快给我拿走!”科尔马奇夫人对着靴子不屑地挥了挥手,“那么下个星期六再见了!”

格雷戈尔回家后,发现爸爸又不舒服了。

“孩子们,你们去吧,去滑雪。我和奶奶待在家里,没事的。”爸爸说,但他冷得连牙齿都打颤了。

小靴子正举着塑料滑雪板翩翩起舞。“去滑雪?我们去滑雪?”

“我留下来就行了，”莉兹小声对格雷戈尔说，“你能在走之前帮我买点退烧药吗？药昨天就已经全用完了。”

格雷戈尔想要留下来，但小靴子好久没出门玩了，而莉兹又年龄太小，没法单独带她出去。因此最好还是他带小靴子去滑雪。

他跑到楼下的药店，买了一瓶退烧药。在回家的路上，他看见一个人正在马路边卖二手书。几天前，格雷戈尔从他身边走过时，就注意到了一本平装的谜语书。书有点旧，他翻了一下，发现里面的谜语只有一两条写出了答案。那人以一美元的价格把书卖给了格雷戈尔。最后，他还买了两个脐橙，他特意选了那种皮厚的橙子。莉兹很喜欢吃，价格高些也无所谓。

格雷戈尔回到家，把书递给莉兹，她的小脸一下子容光焕发起来。“哦！哦！我去拿支铅笔来！”她说着便跑开了。莉兹特别喜欢猜谜，数谜、字谜，什么类型的都喜欢。尽管她只有七岁，却能解出很多给成年人做的谜题。小时候如果带她出去玩，她看见一个禁止停车的标志，就会不停地念叨：“禁止停车，车禁止停……”她将所有的字重新组合，乐此不疲。

格雷戈尔把他在地下王国的经历讲给莉兹听，当他提到可怕的戈杰国王时，她不由得惊呼道：“戈杰！和你的名字一模一样啊！”她这里所说的一样并不是指名字，而是英文的拼法，将戈杰的字母调个顺序，就是格雷戈尔。除了莉兹，还会有谁会注意到这点？

莉兹留在家里，格雷戈尔很放心。奶奶正在睡觉，爸爸刚吃了药，莉兹靠在爸爸身边，盘腿坐在一把椅子上，吮吸着切成片的橙子，开心地解着谜题。

小靴子的兴奋劲儿很有感染力，格雷戈尔也跟着开心起来。他穿了两双袜子，又在新靴子的前端塞了点卫生纸，这样靴子就不会大了，穿起来既暖和又舒适。家里有很多山芋干贝，喂饱一小支军队都没问题。外面正飘着小雪，他们就要去滑雪了。那一刻，格雷戈尔觉得一切都美妙极了。

他们搭乘地铁来到了中央公园，那里有一座适合滑雪的小山。等他们到达后，发现已经有不少人聚集在那儿了。有人拿着漂亮的滑雪板，有人用的是破破的旧板子，还有个家伙正坐着大号的垃圾袋往下滑。每当他们爬到山顶往下滑时，小靴子都会兴奋地尖叫起来："再来一遍，格——格！再来！"

他们一遍遍地滑着，直到天色渐渐暗淡。他们走到靠近马路的一个出口，格雷戈尔停了一会儿，让小靴子自己玩。他靠在树上，看着小靴子在雪地上踩来踩去——她正对自己在积雪上留下的脚印着迷不已。

公园里有很多人在滑雪，四周遍布着高大的松树和孩子们堆砌的雪人，到处都洋溢着浓郁的圣诞气氛。路灯柱上装饰着发光的大星星，人们手中的购物袋上印着驯鹿和圣诞雪花。

看着这一切，格雷戈尔理应感到高兴才对，但事实并非如此，圣诞的来临让他变得异常焦虑。

他家缺钱，这对他来说也许没什么关系，毕竟他已经十一岁了。可小靴子和莉兹还小，她们应该享受更多的乐趣。她们的圣诞节应该是充满魔力的，家里应该有一棵圣诞树，衣架上应该挂着装满礼物的袜子（他家没有烟囱，所以袜子只能挂在衣架上），还应该有许多好吃的食物等着她们。

格雷戈尔一直努力攒钱，想从科尔马奇夫人付给他的工钱里省出一点来，给妹妹们买些圣诞礼物，但每回他都把钱花在买退烧药、牛奶和尿布一类的东西上了。小靴子需要很多很多尿布，说不定她现在也需要换一块，但格雷戈尔没带备用的，他们最好还是马上回家。

“小靴子！”格雷戈尔喊道，“该走啦！”他打量了下公园，发现天已经黑了，小径上的路灯已经纷纷亮了起来。“小靴子！回家了！”他喊道。他从树下走了出来，在周围寻找了一圈，可小靴子还是不见踪影。他立即警觉起来。

在那么短短的一瞬间，格雷戈尔知道，小靴子消失了。

# 2

“小靴子！”格雷戈尔顿时恐慌起来。刚才她还在这儿，不是吗？忙着想事情，时间过去了多久都不知道？他再次大喊道：“小靴子！”

她能去哪儿呢？树林里？跑到马路上？要是有人把她带走该怎么办，“小靴子！”

这会儿，天已经黑透了，周围连问的人都没有，公园里空空如也。格雷戈尔强迫自己镇定下来，循着小靴子留在雪地上的脚印找了过去。可是脚印太多了！他分不清楚哪些是小靴子的！

突然，他听见附近有狗的叫声。也许狗发现了她，或者狗主人见过她。格雷戈尔从树林间跑了过去，来到一小片空地

上，那个地方被附近的灯光照亮了。一只小猎犬正对着一根棍子狂吠，它用嘴叼起棍子，一阵猛摇，又吐出来丢在地上，接着又开始新一轮狂叫。

一个漂亮女人随即映入格雷戈尔的眼帘，她穿着防寒慢跑服。“皮提！皮提！你在干什么啊？”她弯腰抱起小狗，边走边对格雷戈尔无奈地摇摇头，“抱歉，它有时就喜欢乱咬一气。”

格雷戈尔没有回应。他出神地看着那根棍子——他非常想把它只当做一根能让一条狗发疯的棍子。那东西很平滑，通体黑色，泛着亮光。格雷戈尔把它捡了起来，它自动断成了两截，一点也不像一根断掉的棍子，倒是像一条腿，昆虫的腿，来自一只巨型蟑螂……

格雷戈尔迅速扫视了一下周围的环境。那个夏天他们从地下王国回来时，走过了一条弯弯曲曲的地道，最后来到了中央公园。他们回到地上时所处的位置离马路很近，就是他现在所在的位置。

在那边的地面上，有一块大石板，似乎刚被人动过——他能从雪的痕迹看出来——之后又被推了回去。石板边上还卡着一个红色的东西，他拽了出来，居然是小靴子的手套。

地下王国的巨型蟑螂们视小靴子为偶像，尊称她为公主，为了向她致敬，蟑螂们甚至还跳过一个很特别的如宗教仪式般的集体舞。而现在，他们居然就在格雷戈尔的眼皮底下把她绑架了！

“小靴子……”他低声念叨道。但他知道，她此刻是不可能听见他的声音的。

他拿出手机——以他家的境况本来是买不起手机的，但自打家里有三个人神秘失踪后，妈妈便坚持要他随身携带一个。他打通了家里的电话，是爸爸接的。

“爸爸吗？我是格雷戈尔，出事了，不好的事。我现在在中央公园，就在夏天时我们回家的那个出口旁边。蟑螂，你知道的，大蟑螂，他们刚在这儿，把小靴子给带走了。我没把她看紧，都是我的错，我……我一定要下去！”格雷戈尔知道他必须赶快行动。

“但是……格雷戈尔……”爸爸的声音里满是疑惑和害怕，“你不能……”

“我必须这样，爸爸。要不我们就可能永远都见不到小靴子了。你不知道蟑螂们对她的那股疯狂劲儿。你先让妈妈不要打电话报警，警察什么都做不了。要是我没办法很快回家，你就告诉别人我们得了感冒，随便编个理由，好吗？”

“听着，你待在那儿，不要乱跑。我马上就来找你，我会尽快赶过来的。”爸爸说。电话那端传来爸爸喘气的声音，他似乎正挣扎着想站起来。

"不,爸爸!不行,你赶不过来的。你现在甚至连走到街口的力气都没有!"格雷戈尔说。

"但是我……我不能让你……"格雷戈尔听见爸爸哭了起来。

"别担心,我会没事的,毕竟我已经去过一次了。我必须出发了,爸爸,要不他们就跑远了。"格雷戈尔使出全身力气推开石板,吃力地说。

"格雷戈尔,你带照明设备了吗?"爸爸问。

"没有!"格雷戈尔说。这真是个大问题。"等等,我有,我带了!"科尔马奇夫人曾给过他一个迷你手电筒,以防他在乘地铁时隧道里的灯灭了,他一直把手电筒挂在钥匙扣上。"我有个手电筒,爸爸,我要出发了。"

"我知道,儿子,格雷戈尔……我爱你。"爸爸的声音在颤抖,"万事小心,好吗?"

"我一定会的,我也爱你。要不了多久,我们就会再见面的。"格雷戈尔说。

"一会儿见。"爸爸用粗哑的嗓音说。

格雷戈尔立即弯下腰,钻进了地洞里。他把手机塞进口袋,另一只手拿出了钥匙扣。他打开迷你手电筒上的开关,立刻便被这个小东西发出的强烈光线惊呆了。他合上石板,沿着一道长长的台阶走了下去。

格雷戈尔好不容易走到了台阶最底下，他停住步伐，闭上眼睛，迅速在脑海中回忆着上个夏天他们走过的路。他们当时是飞到这儿来的，他骑在阿瑞斯——和他结成拍档的一只黑色大蝙蝠——的背上飞到了这里。在地下王国，人类可以和蝙蝠结成拍档，彼此立下誓言，不论形势多么危急，都将不背弃对方。他们把这种行为称作结成拍档。

阿瑞斯载着格雷戈尔、小靴子和爸爸一起飞到了这里，把他们放在了台阶上，然后向……右飞去！对！格雷戈尔很确定阿瑞斯是向右飞的，便立刻朝着那个方向跑去。

地道里阴冷潮湿，连个鬼影子都见不到。这地道一定是人类建造的——是正常人类，而非那些住在地底下的皮肤苍白、紫眼睛的地底人——但格雷戈尔敢肯定，纽约人很久以前就已经忘记了这个地方。

格雷戈尔的手电筒照到了一只老鼠，它惊恐地逃走了。阳光照不到这里，正常的人不到这里来，那他究竟为什么待在这儿！

“我真不敢相信，”格雷戈尔想，“我不相信我居然又到这个地方来了！”这个既奇怪又黑暗的地方，充斥着巨型蟑螂、蜘蛛，还有最可怕的大老鼠！他一想到很快就要看到那些身高一米八、尖牙外露的凶狠动物，心里就不由得恐惧起来。

天啊，妈妈一定不会同意他这么做的。

去年夏天的深夜，当他们历经艰险终于回到家时，妈妈被吓坏了——先是两个失踪的孩子突然就那么出现了，更不可思议的是，他们居然还带着失踪多年、行动困难的爸爸。接着，他们坐下来，把发生在地底的奇遇全都告诉了妈妈。

格雷戈尔看得出来，妈妈一开始并不相信他们。想想吧，谁会相信呢？但小靴子一直在喋喋不休地讲她的见闻，让妈妈无法忽视。

“大——虫虫！妈妈！我喜欢大虫虫！我骑虫虫玩！”小靴子开心地在妈妈膝盖上边跳边说，“我还骑了蝙蝠！格——格也骑了蝙蝠！”

“你看到老鼠了吗，宝贝？”妈妈轻柔地问。

“老鼠坏坏。”小靴子皱着眉头说。格雷戈尔想起来，蟑螂们一直都用这句话来形容老鼠。老鼠很坏，都很坏。嗯，几乎所有老鼠都是这样……

他们把故事的来龙去脉讲了三遍，妈妈边听边频频发问。随后，他们又把地下王国里蜘蛛织的衣服展示给妈妈看。妈妈也看到了爸爸的现状：一头白发，身体不停地颤抖，整个人既消瘦又虚弱。

到了黎明时分，妈妈总算相信了他们的话。天刚刚亮，她就跑到洗衣房里，敲敲打打，又粘又贴，一阵叮咚作响之后，她把他们掉进去的那个隔栏封死了。随后，她让格雷戈尔把一台烘干机推到了洞口。烘干机放在这个位置很引人注目，但这样能确保不会再有人打开入口。

接着，妈妈还明令禁止大家进入洗衣房。没人能再到楼下去。格雷戈尔只好拖着一大堆衣服，走到三个街区以外的自助洗衣房洗衣服。

但妈妈终究还是把中央公园的入口给忘了，格雷戈尔自己也没想起来。直到此刻，他才反应过来。

走着走着，地道出现了分叉。他犹豫了一下，便向左边走去——希望这个方向没错。没过多久，周围的环境就发生了变化。砖头不见了，天然的石墙逐渐代替了人造的痕迹。格雷戈尔走下最后一级台阶，这级台阶完全由天然的石头刻成，看上去很有些年月了。他想，这一定是在几百年前，地底人的祖先决定在地下创造出一个新世界时凿刻出来的。

地道里的拐弯处慢慢变得多了起来，很快格雷戈尔就失去了耐心。要是他在这个迷宫般的地道里迷路了怎么办？要是蟑螂带着小靴子从另一个方向走了怎么办？要是他一开始就拐错了弯又该怎么办？正胡思乱想着，格雷戈尔的手电筒照到了地上的一个红色物体。格雷戈尔捡起来一看，正是小靴子的另一只手套。幸好，她总是不老老实实地戴手套。

格雷戈尔加速跑了起来，感觉到脚下嘎吱作响。他把手电筒往地上一照，发现地上有好多各种各样的小虫子，它们正在拼命四处逃窜。

他停下脚步，想仔细观察周围的环境，忽然一个小东西从他脚上爬了过去，是一只小老鼠。接着，几十只小老鼠从他身边跑过。而墙边——一个形似鼹鼠的动物一闪而过，不见了。地上的各种小动物越来越多，都拼命地向前狂奔。它们既没有互相残杀，也没有彼此争斗，只是一个劲儿地跑着。格雷戈尔只在新闻上看过一次这样的场景——那是动物们在逃离森林火灾。它们都很害怕，但此时它们又在怕什么？

格雷戈尔将手电筒转了个头，找到了答案。大概十五米开外的地方，有两只大老鼠正向这边飞奔而来。那是地下王国独有的老鼠。

# 3

格雷戈尔赶忙转过身，疯狂地跑了起来。“哦，上帝啊！”他喘着粗气，“他们上这儿来干吗？”蟑螂们带走了小靴子，他只看到了蟑螂掉在地上的一条腿。可地下王国的大老鼠跑到离地面这么近的地方来又是为什么？

不管了，之后再想这个问题吧；此刻，他有更重要的事需要应付。老鼠们正快速向他逼近。格雷戈尔试着去想一个应对的计划，但脑子里却一片空白。他跑不过他们，更爬不过他们，很显然，他也斗不过他们——老鼠的尖牙足足有十五厘米长，还长着如剃刀般锋利的爪子……

“啊！”突然，格雷戈尔撞到了一个硬邦邦的东西，肚子被狠狠地顶了一下，肺里的空气都被挤了出来。慌乱中，他的手电筒不小心掉进了一个圆形洞孔中。格雷戈尔认出来了，阿瑞斯带他们回家时，正是从这个圆形通道中钻出来的。在离这个通道很远很远的下方，奔流着地下王国的大海，大海连接着水路。

格雷戈尔想都没想，一摆腿，跨进圆形开口，钻了进去。他的手紧紧抓着通道边缘，双腿在空中晃荡着。“也许这样老鼠就找不到我了。”他心存侥幸地想。但很快，他就意识到这个做法有多愚蠢：老鼠们天生嗅觉灵敏，他们闭着眼睛就能发现猎物。如果这次追赶他的是人类，这个藏身之所的确还算不错，但当对手换成老鼠，这招可就完全不管用了。

没错，老鼠们来了。格雷戈尔听到他们停下脚步，爪子划过岩石发出刺耳的声响，紧接着是他们的喘息声，同时还伴随着疑惑的谈论声。

“他在干吗？”其中一只老鼠咆哮着问。

“鬼知道。”另一只答道。

有好一会儿，格雷戈尔只能听见自己的心跳声。紧接着，第二个声音气急败坏地说：“哦哦，你不会以为他藏起来了吧，是吗？”

两只老鼠一起大笑起来。那声音非常刺耳，令人生厌。

“出来吧，出来吧，不管你在哪儿都现身吧！”第一只老鼠说道。说完，他们又是一阵哈哈大笑。格雷戈尔看不见他们，但敢肯定,他们此刻正笑得打滚。

他现在只有两个选择:往回爬,在黑暗中独自面对两只老鼠;或者松开手,掉进黑暗里,寄希望于地底人的侦察兵能在自己被淹死或成为别的动物的盘中餐之前及时发现他。

格雷戈尔试图计算出自己能幸存下来的几率。不管如何选择,活下来的几率都是微乎其微,找到小靴子并带她回家的可能性更是……

“跳下来吧,地上人。”一个声音咕噜咕噜地说。一开始,格雷戈尔还以为是老鼠在说话,但转念一想,又觉得不可能,他们正在哈哈大笑呢,而且这声音也不大像他们的,倒听起来更像是——

“跳下来吧,地上人。”那个声音再次说道。这次老鼠也听见了,格雷戈尔感觉到他们从地上跳了起来。

“杀了他!”第一只老鼠大吼道。

老鼠急速逼近,他都能感受到他们炽热的呼吸,他放弃了权衡利弊,慌忙松开手。

片刻之后,他刚才攀附的石壁那边便传来了老鼠爪子刮擦的声响,紧接着是老鼠们一连串的古怪咒骂声。

自由落体运动带来的晕眩感侵袭了他的全身,格雷戈尔已经有两次这样的经历了。第一次是他跟在小靴子后面,从洗衣房的隔栏里掉进了地下王国;第二次则是他为了救爸爸、妹妹还有朋友们的命，从一个大峡谷边跳了下去。"这种感觉，"他想，"恐怕我这辈子都不会习惯。"

阿瑞斯在哪儿？他刚听见的是阿瑞斯的声音，不是吗？有那么一瞬间，格雷戈尔以为自己在幻听，不过他立马记起了老鼠们的反应。

"阿瑞斯！"他大声呼喊道。黑暗犹如吸水的海绵一般，将他的声音吸收得一点不剩。"阿瑞斯！"

突然，一只蝙蝠出现在了他的身下。"嗷噗！"他惊呼起来。正是阿瑞斯！他骑在阿瑞斯的背上，立马不再往下坠落了。

"老天啊，我真高兴你及时出现了。"格雷戈尔说。他的手紧紧抓住阿瑞斯脖子上厚厚的毛发。

"地上人，我也很高兴你到这儿来了。"阿瑞斯说，"抱歉让你往下掉了这么远，我知道你这样会觉得不舒服，不过我把你的发光棒拿回来了。"

"我的发光棒？"格雷戈尔问道。

"在你身后。"阿瑞斯说。

格雷戈尔转过头，发现阿瑞斯后背上的皮毛里正亮着微弱的光。他把手电筒摸过来，说了句谢谢。有了光，格雷戈尔镇定了不少。

"老天啊，你永远都猜不到发生了什么！那些蟑螂跑到公园里来，把小靴子带走了！他们就在我眼皮底下，把小靴子偷

走了！”格雷戈尔越说越气愤，“他们到底在想什么啊？他们以为我不会发现吗？”

阿瑞斯转向右边，沿着水路边上的山脊飞着。“不是的，地上人，他们……”

“他们觉得我不会在乎吗？他们把小靴子抢走了，以为我不会有什么反应吗？以为我只会说一句‘哦，啊，我想这下我见不到小靴子了’？”

“他们没那么想。”阿瑞斯说。

“他们以为我不会来找她吗？他们以为绕着她跳支舞，唱唱‘做蛋糕’，就能留住她了？还有——”

“爬虫们知道你一定会来。”阿瑞斯没等格雷戈尔说完，便插话道。

“当然了，我一定会跟来！老天啊，等我抓到这些虫子，他们最好给我好好解释一下。我们离他们的地方还有多远？”格雷戈尔问道。

“还要再飞几个小时，但我得先把你带到王之城去。”阿瑞斯说。

“王之城？我不想去王之城！”格雷戈尔说。“你带我去见蟑螂，现在就带我去！”格雷戈尔又命令道。

哐当！

格雷戈尔背部朝地，结结实实落到了一块大石头上。他还没来得及说话，蝙蝠就飞到他的胸口上，将爪子深深地扎进了他的夹克衫里。

阿瑞斯的脸离格雷戈尔的眼睛只有几厘米。他露出牙齿，咆哮着吼道："我不听从你的命令，地上人。我们最好一开始就把话说明白，我不接受你的命令！"

"哇哦！"格雷戈尔对他的强烈反应大为惊讶，"你出了什么问题啊？"

"我的问题就是，此时此刻，你的言行举止让我不由得想到了亨利！"阿瑞斯说。

这是格雷戈尔第一次真正看清阿瑞斯的脸。地下王国的光线总是很昏暗，阿瑞斯通体都是黑色——黑色的眼睛，黑色的鼻子，黑色的嘴巴，旁边还覆盖着黑色的毛发——一般很难看清他的模样。但这回，在手电筒的直接照射下，格雷戈尔发现这只蝙蝠是真的生气了。

阿瑞斯救过他的命，格雷戈尔则出手让他免遭被流放的命运。在这里，流放基本也就意味着死亡。他们俩结成拍档，发誓将为对方战斗到最后一刻。但他们从未有过太多的交流。阿瑞斯低头注视格雷戈尔，他这才意识到，自己对于这只蝙蝠其实一无所知。

"亨利？"格雷戈尔嘟囔道。他实在不知道此时该说什么才好。

"是的，亨利，我以前的拍档。你记得的，我为了救你，让他摔在岩石上送了命。"阿瑞斯几乎是在用讽刺的腔调说话，"而现在我在想，当时我是不是应该让你们两个都摔下去。因为你和亨利一样，都以为我是你们的仆人！"

"不，我没这么想！"格雷戈尔反驳道，"我生活的那个世界连仆人都不存在，我只是想把我的妹妹救回来！"

"而我也在尽力让你和你妹妹赶快团圆，但你和亨利一样，都不听我的话。"阿瑞斯说。

格雷戈尔不得不承认，阿瑞斯说得没错。每次这只蝙蝠试图开口说话，格雷戈尔都自说自话，完全不给他机会。格雷戈尔很不喜欢阿瑞斯拿他和亨利做比较，他和那个叛徒根本没一丝相同的地方！但也许，他是在有些地方过分了点。

"好了，我很抱歉。我刚才太生气了，我应该听你的话的。现在从我胸口上下来。"格雷戈尔说。

"从我胸口上下来？你在说什么？"阿瑞斯强调道。

"现在从我胸口上下来！"格雷戈尔顿时火冒三丈。

"再说一遍，"阿瑞斯说，"这话在我听来，就像在下命令。"

格雷戈尔咬紧牙关，努力抑制住想推开阿瑞斯的冲动。"请——你从我的胸口上下来，好吗？"

听到这个请求，阿瑞斯考虑了片刻，最后满意地拍打着翅膀飞到了一边。

格雷戈尔坐了起来，揉了揉胸口。他没受伤，但夹克衫上多了几个洞——阿瑞斯的利爪刺穿了衣服。

“嘿！你能注意一下你的爪子吗？看看你对我的衣服都做了什么！”格雷戈尔不满地说。

“没关系，反正都会被烧掉的，”阿瑞斯毫不在乎地说。

此刻，格雷戈尔才觉得他的拍档是个十足的大混蛋。而阿瑞斯对他，肯定也是这种感觉。

“好吧，”格雷戈尔冷冷地说，“你说我们要去王之城，为什么？”

“爬虫们把你的妹妹带到那儿去了。”阿瑞斯用同样冰冷的口吻答道。

“爬虫为什么要把我妹妹带到王之城去？”格雷戈尔问。

“因为，”阿瑞斯说，“老鼠们发誓要杀死她。”

“杀死她？为什么？”格雷戈尔目瞪口呆。

“‘灾星预言’里就是这么说的。”阿瑞斯回答。

“灾星预言？”格雷戈尔想起来了。上次离开地下王国时，他对卢克萨说他再也不会回来了，卢克萨则说：“‘灾星预言’里不是这样说的……”

他想向维库斯问清楚“灾星预言”到底是什么，但老人一直含糊其辞，一个劲儿地把他往蝙蝠身上推，让他们尽快离开。因此，格雷戈尔一直没弄明白预言的真实含义，不过他知道，有关他的第一个预言，夺走了十二名探险队员中四人的性命，同时还引发了一场生灵涂炭的战争。

一阵恐惧感袭遍格雷戈尔的全身。“预言说的是什么，阿瑞斯？”

“去问维库斯吧，”阿瑞斯简洁地说，“我讨厌说话时总是被打断。”

格雷戈尔重新坐到阿瑞斯的背上，向王之城飞去，一路上没再多说一句话。他生阿瑞斯的气，但更生自己的气，是他使家人再次陷入了困境中。是的，卢克萨提到了“灾星预言”。但他和妈妈一起把洗衣房里的隔栏堵死之后，就再也没动过回地下王国的念头。“远离洗衣房，也就远离了地下王国。”他是这么想的。但他为什么又带着小靴子去了中央公园呢？他原本知道那里还有入口！他也知道还有第二个预言！心存侥幸，觉得会安然无恙实在太愚蠢了。

飞抵美丽的王之城后，格雷戈尔发现城内异乎寻常的安静。他猜想着现在肯定很晚了。地下王国的深夜，是相对来说的。因为这个地方既没有太阳和月亮，也没有白天与黑夜。既然整座城市都处在睡梦中，那时间就一定是到了晚上。

阿瑞斯朝王宫飞去，在圣殿里平缓地落下。这座圣殿其实是一个巨大的、没有天花板的大厅，可同时容纳许多只蝙蝠起飞和降落。

维库斯独自一人耐心地等候在那儿。老人仍是格雷戈尔记忆里的样子：一头剪得很短的银发，紫色的眼睛，微笑时眼角总会泛起皱纹。他正对着格雷戈尔笑呢，格雷戈尔急忙从阿瑞斯身上爬了下来。

“你好,维库斯。”格雷戈尔说。

“啊,地上人格雷戈尔!阿瑞斯找到你了,我本以为他最好去洗衣房下面的通道等你,但他坚持去了水路。我很清楚,作为拍档,你们的想法总是不谋而合。”维库斯说。

阿瑞斯和格雷戈尔都默不作声。他俩在来的路上就没怎么说话,此时要是表现出彼此之间有什么心灵感应的话,岂不是太别扭了。

维库斯看着他俩,继续说道:“那么……欢迎你的到来!你看起来很好,你家人怎么样?”

“都还行,多谢关心。小靴子在哪儿?”格雷戈尔问道。他喜欢维库斯,但一想到蟑螂们绑架了他妹妹,以及预言里提到的威胁,就让他提不起聊天叙旧的兴趣。

“啊,再过一会儿,爬虫们应该会带着她过来。马雷斯领了一队士兵去迎接他们,卢克萨也去了,我可没法拦着她……我想到了这个时候,阿瑞斯一定把我们的窘境都告诉你了。”维库斯说。

“但事实并非如此。”格雷戈尔说。

维库斯再次打量起他俩,但他们仍旧无动于衷。

“嗯,那好吧。首先我们得从‘灾星预言’说起。你应该记得吧,上次你离开地下王国时,我稍微提了一下它。”维库斯说。

“只提了一丁点儿。”格雷戈尔嘟囔道。他只记得维库斯只想尽快把他打发走，一句解释的话都没讲。

“咱们现在就去三明治的房间。阿瑞斯，请你也一起来吧。”说完，维库斯就向宫殿里走去。

格雷戈尔跟在他后面，阿瑞斯则拍打着翅膀飞在旁边。

他们来到一扇实木门前，维库斯一路上一言未发。他从外衣里掏出一把钥匙，插进锁孔，微微转动，门开了。“这右边有你想要的答案。”他说道，示意格雷戈尔先进去。

格雷戈尔从门边的架子上取下一只火把，走进了房间。房间的墙壁上刻满了密密麻麻的字，这些都是王之城的创建者巴赛洛缪·三明治于十七世纪时完成的。据说三明治能看见地底人的生死与未来，于是便把自己所看见的一切化为文字，写成了预言。格雷戈尔第一次进入这间屋子时，正对着门的墙上被一盏小油灯照亮着，墙上留有三明治亲手刻下的“灰色预言”。而如今那块区域已处于阴影之中，油灯又被移到了右侧的墙上。墙上似乎刻着一首诗，看来“灾星预言”一定就是它了。

格雷戈尔举起火把，将墙上的文字看了个究竟：

若地底人坠落，若地上人跳跃，

若生者已死，若死亡收割。

昏暗中将有异军突起，
将地下王国变为埋骨之地。

深渊中不停传出它抓挠的声音，
已被人遗忘的白雪之鼠，
一袭白衣，满身灾星。
勇士是否会耗尽你的光？

什么让勇士变得脆弱？
燃烧的噬咬者为何在到处搜寻？
一个咿呀学语的小家伙，
手中却握着地下王国。

小家伙离世，他心将死，
最重要的部分也会最终逝去。
此刻的和平将一起消逝。
噬咬者将掌握重获权力的钥匙。

同上次看到“灰色预言”一样，格雷戈尔这次依旧不明就里。但当他读到那句话时，不禁倒吸了一口凉气，顿时感觉寒气刺骨：小家伙离世……小家伙离世……小家伙离世……小靴子……

“好了，我想把这首预言诗从头到尾过一遍，现在，在这里。”格雷戈尔说。

维库斯点点头，“是的，我们现在就来研究一下，这样做比较明智。这个预言不像第一个那样隐晦，但有的事情你还是要知道的。咱们从头开始吧。”维库斯走到墙边，手抚过前两句诗，“你只是初次读到这首诗，而我已经看过不下万遍。格雷戈尔，告诉我，你看明白了什么？”

格雷戈尔这次更加仔细地看着这些文字。

若地底人坠落，若地上人跳跃，
若生者已死，若死亡收割。

他意识到自己已经明白了诗句的意思。“这说的是我和亨利。我是地上人，我跳了出去。亨利是地底人，他坠落到了谷底。我活了，而他死了。”

“是的，戈杰国王和他的老鼠们也一块死了，地下王国的不少生命都被死神收割去了。”维库斯说。

“嘿，你以前怎么没把这意思告诉我？那时我就能知道接下来会发生什么了！”格雷戈尔说。

“不，格雷戈尔，我们也是后知后觉。‘地底人’指的可能不仅仅是亨利，还有可能是其他人，或者是整个地下王国也说不定。‘地上人’也可能是你的父亲。你的跳跃也可能指的不是真正的跳跃，而是一个比喻，例如精神上或思想上的逾越。亨利的坠落可能也是在暗指其他不同形式的死亡，还可能说的是权力和荣誉的丧失。其实，一名地底人被摔死这一解释并不受到大家的认同，亨利永远都想不到他会以那样的形式送命。”维库斯说。

“为什么不会？”格雷戈尔问。

维库斯看了看阿瑞斯，犹豫了一下。

“因为他以为我会去接住他。”阿瑞斯一针见血。

“没错，”维库斯说，“你已经看到了第一个预言其实是很隐晦的，虽然现在已经没有任何悬念了。那咱们继续看吧！”

格雷戈尔把下面两行字默念了出来。

昏暗中将有异军突起，

将地下王国变为埋骨之地。

“也就是说有不好的东西要来了，一个致命的东西。”格雷戈尔说。

“不只是这样，它已经到我们中间来了，而且已经有些时日了。但老鼠一直把它隐藏得很好，他们同类都不一定知道。

继续看，你会发现更多东西。”维库斯指着下面四行字说道。

深渊中不停传出它抓挠的声音，

已被人遗忘的白雪之鼠，

一袭白衣，满身灾星。

勇士是否会耗尽你的光？

格雷戈尔思考了一分钟，说：“是老鼠，一只白老鼠？”

“地下王国的生物早就把雪忘记了，我们这里不会下雪，但我想那场景一定很美。”维库斯略带惆怅地说。

“是的，没错。”格雷戈尔说，“现在地上世界正在下雪，非常漂亮。”他说得没错，雪刚下的时候，所有的污泥和垃圾都会被雪盖住，让整个城市看起来异常整洁，但慢慢地，雪就会变成烂泥。“那么这只白老鼠……”

“这种老鼠的故事都带着传奇色彩，早在三明治住在地上时，他就听说过白老鼠的故事。在我们的历史上，每隔几百年就会出现这样一只老鼠，将其他鼠类聚集在自己身边，实行极其恐怖的统治。这种老鼠身型庞大，凶猛异常，阴险狡诈。”维库斯说。

“体型很大？”格雷戈尔问，“你是说他比这里的其他老鼠还要大？”

“相当大。”维库斯说，“传说里就是这么说的。而现在，唯一能阻挡这个生物、拯救地下王国于水火之中的人，就是你，勇士。你对他造成了威胁，这就是他为什么还隐匿行踪的原因。老鼠们不希望你找到他，但你也有一个致命的弱点。”

维库斯用手指了指，格雷戈尔继续读道：

什么让勇士变得虚弱？
燃烧的噬咬者为何在到处搜索？
一个咿呀学语的小家伙，
手中却握着地下王国。

“你知道‘小家伙’指的是什么吗？”维库斯问。

“瑞普瑞德以前在卢克萨和亨利不肯听他的命令时，这样叫过他们。”格雷戈尔说。突然间，他禁不住想，那只脸上带着伤疤、曾救过他父亲的大老鼠是否知道这个预言。

“那他一定在讽刺他们了，提醒他们，他才是主导者。对老鼠来说，‘小家伙’指的就是婴儿，而现在我们知道的唯一和你亲近的婴儿就只有小靴子。”维库斯说。

格雷戈尔不由自主地看向最后一段预言诗。

小家伙离世，他心将死，

最重要的部分也会最终逝去。

此刻的和平将一起消逝。

噬咬者将掌握重获权力的钥匙。

“就是说他们以为如果他们——”格雷戈尔不忍把话说出口，“杀死小靴子，我就会有不测？”

“在某种程度上，你将会被击垮。”维库斯说，“如果你倒下了，老鼠们就会全心全意地对付我们了。”

“我决不会被打垮。”格雷戈尔嘴上这么说，心里却很害怕，“你确定预言里说的是小靴子吗？”

“我们是这么大胆推测的。你和小靴子的亲密程度人尽皆知。你当时为了保护她，牺牲自己，引着戈杰国王和你一起掉到峡谷里——这一举动让所有人印象深刻。你还想得到其他婴儿吗，格雷戈尔？”维库斯严肃地问道。

格雷戈尔摇了摇头。如果预言里说的真是小靴子，一旦她不幸遇害，他必定会完全崩溃。“那么你们为什么还要把她带到地下王国来？为什么不让她待在地上世界？在那里她岂不是更安全？”

“不，她的处境并不安全，你也是。爬虫们白天黑夜地监视着你们，就是为了保障你们的安全。”维库斯说。

早上那只被困在蛋黄酱罐子里的蟑螂从格雷戈尔眼前一

闪而过。“你说的是那些小蟑螂？”

“是的，他们和地下的大蟑螂保持着交流，但老鼠们也在看着你们。你离开地下王国没多久，老鼠们就跟到你家去了，你家人的一举一动都处在他们的监视下，他们在等待机会，夺走你妹妹的性命。”维库斯说，“他们没法在你家下手，但今天你和妹妹出门了，还跑到了一个通向地下王国的入口附近。”

“我们是去中央公园滑雪的。”格雷戈尔解释道。

阿瑞斯突然发话了：“地上人在隧道里被噬咬者追赶着，为了甩掉他们，他不得不从水路入口跳下去。”

“那么，爬虫救小靴子的行动实施的正是时候。格雷戈尔，你要知道，今天老鼠的目标本来是她。”维库斯说。

“为什么不直接杀死我？”格雷戈尔麻木地问。

“他们很高兴这么做。你从峡谷上跳出去的时候，有几只老鼠没死，他们把你的故事传开了，老鼠们现在连对你下手的勇气都没有。”维库斯说，“至少现在他们还顾忌着预言，他们觉得只有杀死小靴子才能毁掉你。”

“我还是觉得我们待在地上更安全。我们要是没去中央公园就好了，我们会一直把小靴子关在家里……”说到这儿，格雷戈尔自己都不清楚家里是否安全了。

“如果你想的话，我会直接把你们送回去的。但他们一定会找到她的，格雷戈尔，现在他们的计划已经开始实施了。在老鼠们看来，这就是一场比赛。他们必须在白老鼠被杀死前，先夺走小靴子的命。只有一方能活下去。我们把小靴子带到地下王国来，确实是为了保护她，信不信由你。”维库斯说。

“也保护你们自己。”格雷戈尔冷漠地说。

“是的，也为了保护我们自己。”维库斯说，“但我们的命运纠缠在一起，不管目的是什么，我们都要一起共事。那么你的决定是什么？我们把你送回家，还是你和我们并肩作战？”

格雷戈尔想到了从家中墙壁里时不时传出的不停的抓挠声。尽管爸爸说那只是小老鼠，但妈妈还是紧张不已。要是那些老鼠真的是地下王国派来的呢？要是他们离小靴子只隔了一道水泥墙该怎么办？说不定他们正听命于地下的大老鼠，监视着自己的家人，随时汇报，伺机而动。

门口传来了窸窸窣窣的声响。格雷戈尔循声望去，发现小靴子正骑在一只巨大的蟑螂身上，那只蟑螂的触须还是歪的。

“格——格！”她傻笑个不停，“我在骑着玩儿！太普让小靴子骑！”

她那么高兴……那么小……也很柔弱……格雷戈尔不可能一天二十四小时都看着她……他得去上学……之后就没人能保护她了……尽管现在自己已经无足轻重……

但如果纽约的老鼠们靠近了她，一分钟就能取了她的性命，甚至连一分钟都不用。

“我们要留下来。”格雷戈尔说，“我们会一直待在这儿，直到风波过去。”

# 5

“走，到格——格那儿去！”小靴子对太普说道。她用脚后跟敲了敲蟑螂的外壳，太普立刻顺从地载着她跑到了格雷戈尔身边。她从蟑螂背上滑了下来，跑到他身边，紧紧抱住他的腿。

“嘿，小靴子。”格雷戈尔揉了揉她的卷发，“你上哪儿去了？”

“我去骑骑！快快的！骑得快快的！”小靴子兴高采烈地说。

“你还记得维库斯吗？”格雷戈尔指着维库斯问。

“嗨！嗨！你好！”小靴子高兴地喊道。

“欢迎你，小靴子。”维库斯说，“我们都很想你。”

“嘿！蝙蝠你好！”小靴子冲着阿瑞斯也挥了挥手，格雷戈尔故意没理他。

“太普，你好啊。”格雷戈尔对蟑螂说，“下次你要带小靴子走时，能不能提前告诉我一下？我都快吓死了。”

“讨厌我们？地上人，讨厌我们？”太普问。

哦，这下好了，他又伤害了蟑螂的感情。他们那么敏感——嗯，一直都很敏感。“不是的，我不讨厌你啊。想想吧，你把小靴子带走了，我又不知道她去哪儿了，肯定会很担心的呀。”格雷戈尔解释道。

“和我们在一起，她，和我们在一起。”太普更困惑了。

“没错，我现在才知道啊。可在公园时我一无所知。”格雷戈尔说，“我很担心。”

“讨厌我们？地上人，讨厌我们？”太普重复着问道。

“不是的！我只是需要知道你们把她带到哪里去了而已。”格雷戈尔说。太普的触角一下子耷拉了下来。这样说话不是个好办法，格雷戈尔赶忙换了语气，“但是太普，我还是要感谢你保护小靴子，让她免受了老鼠的侵害。你做得很棒。”

太普又高兴了起来。“老鼠真坏。”他坚定地说。

就在此时，卢克萨出现在了门口。她那头浅金色的短发已经长长了一点，个子也长高了一些，那双紫色眼眸下带着淡淡的黑眼圈，看来最近日子不好过的人不止他一个。

“欢迎你，地上人格雷戈尔。”卢克萨走到他身边，但并没有拥抱他。

“嘿，卢克萨，最近怎么样？”格雷戈尔问。

她心烦意乱地用手推了推头上的金色饰带，好像想摆脱它的束缚一样，“很好，我很好。”

很显然，她最近睡眠很差，看起来也挺不开心。但她还是一副傲慢的派头，脸上挂着浅浅的微笑，像个女王一样站着。“你还是回来了。”

“我没什么选择。”格雷戈尔说。

“是的。”卢克萨冷漠地说，“你和我从来就没有做选择的余地，你肚子饿吗？”

“我饿！我饿！”小靴子嚷了起来。

“我们没吃晚饭。”格雷戈尔说。他饿得胃部紧缩，已感觉不到饥饿了。

“你们必须先洗个澡，再吃饭，然后去休息。索罗维特说明天你就要开始训练。”卢克萨说。

“她这么说了？”维库斯惊奇地问。

“是的，她没告诉你吗？”卢克萨嘲弄般地看了一眼维库斯，但维库斯没有反应。他们的关系很奇怪，维库斯是她的外公，自从卢克萨的父母被老鼠杀死后，维库斯就成了她最亲近的人，他更多时候在扮演着严父的角色。为了让卢克萨能在十六岁时顺利成为王之城的女王，维库斯同时也全面监督、训练着她。格雷戈尔觉得这关系一定很复杂,他们身上背负了太多的责任。

“训练场见,格雷戈尔,阿瑞斯。”卢克萨说完便走了。

格雷戈尔和小靴子被两名地底人领进了浴室。一个年轻女人将小靴子带到了女生用的更衣室，另一个人则护送着格雷戈尔走进了旁边的房间里。

格雷戈尔突然想起了什么，围着一块还在滴水的浴巾冲出了浴室。他请求地底人不要烧掉他的衣服。阿瑞斯说得没错,按规定,他们的衣服必须被烧成灰烬,但格雷戈尔知道若要买新衣服,又要花掉一笔钱,他也不想就这么失去自己的新靴子。

“可是……你的衣服上沾着气味。噬咬者会知道你们在这儿的。”那人不确定地说。

“哦,没关系。他们已经知道了。我是被两只老鼠追赶着跳到水路里的。”格雷戈尔说,“那……你能……我不知道,也许你可以把衣服放进博物馆里。那里放着不少地上人的东西,不是吗？”

那人听到这个建议,明显松了口气,随即拿着衣服去问维库斯了。

后来他们吃了一顿丰盛的大餐:煮牛肉,面包,蘑菇,以及那道总让格雷戈尔联想到山芋的菜,还有一个蛋糕。小靴子吃得特别起劲，格雷戈尔这才想起，今天她只吃了一碗燕麦和一个涂了花生酱的三明治。他又想到爸爸、妈妈和莉兹，今天他们可以吃一顿山芋干贝了——如果他们有心情吃的话。

哦，整件事都是他的错！要是他看住小靴子了，蟑螂就不会有机会带走她了。但倘若如此，老鼠们又会插手进来，把她抓走。格雷戈尔想，也许他真的该感谢这些救了她妹妹性命的人，他也的确心存感激。但另一方面，他又恨他们把自己再次卷入这个混乱的世界。维库斯是说过什么“我们的命运纠缠在一起”之类的话吧？他不想和这里再有什么牵扯，但却身不由己地成了这个世界的一部分——这已经是第二次了！

小靴子头一沾枕头便睡着了，格雷戈尔却焦虑不安，难以入睡。他没办法不去想自己的家人，小靴子面临的威胁，以及不知道什么时候会冒出来的巨大白老鼠——这一切都在等待着他。最后，格雷戈尔决定不睡觉了，他爬下床，在宫殿里转悠起来。这次他没想着要逃跑。

他穿过一条条走廊，来到人们生活的场所。公共区域内的圣殿和餐厅都还开放着，但在格雷戈尔这层楼里，厚重的窗帘已将各个房间完全隔开了。石门太笨重，不太实用，他在地下王国只见过一扇木门，就在那间留有三明治预言的房间。

格雷戈尔走了大约十分钟，突然从一旁的房间里传来一阵谈话声，那声音被窗帘隔住了大半，但他还是能隐约听到里面的人正在大声争吵，是维库斯……

“你应该告诉我训练的事，我是有发言权的！”

他在和谁说话？

“是啊是啊，我们应该一遍遍地讨论，慢慢用你的方式去思考如何保护他。但这不可能，不管你要的是什么，都不可能实现！”

这好像是索罗维特的声音。她是维库斯的妻子，卢克萨的外祖母，王之城军队的统领者。平时她说话总是很文雅、庄重。不过，格雷戈尔也曾听到过她在战斗时发出的咆哮声。索罗维特非常善变，她可能在前一秒还是个温文尔雅的夫人，但下一秒，就变成雷霆万钧的战士。格雷戈尔真不知道该怎么和她打交道，而此刻她的表现更像是一名战士。

格雷戈尔本不想偷听他们的对话，转过身想溜走。但他突然听到了自己的名字，于是不禁停下了脚步。

“可格雷戈尔又想要什么？他有发言权吗？索罗维特，他当时把剑推开了，他不想掺和到战事中来。”维库斯说。

“我们没人想打仗，维库斯。”索罗维特说。

维库斯“哼”了一声，似乎表示房间里还有一个人是喜欢打仗的。

“我们没人想打仗。”索罗维特严肃地重复道，“但我们都身不由己，毕竟预言把格雷戈尔叫做‘勇士’，而不是‘和平缔造者’。”

“哦,预言可经常误导人。他的确被称作勇士,但他作战的工具恐怕我们并不熟悉。上次他就用一个另类的武器做得非常好。”维库斯说,“我跟你说过了,他把三明治的宝剑推开了!”

“没错,但那时他已经安全了,觉得一切都结束了。可我记得在路上时,他曾要求我们给他一把剑。”索罗维特反驳道。

“可他不需要,他不拿剑反而更好,我是这么觉得的。”维库斯说。

“而我觉得,这次你如果让他手无寸铁地出去,就无疑是将把他往死路上推。”索罗维特说。

房间里只剩沉默。

格雷戈尔迅速从门口退了出去,找到了返回房间的路。

那一晚,他只睡着了一会儿,噩梦接二连三地拜访他。

# 6

格雷戈尔满身疲倦地从噩梦中惊醒，情绪十分低落。又一个未曾相识的地底人给他送来了早餐。他将小靴子托付给昨晚帮她洗澡的女人照顾，而后走出了房门。今天，他应该开始训练了——不管将会面对什么。

格雷戈尔穿过几个大厅，意识到自己根本不知道要往哪儿走。卢克萨提过一个叫“训练场”的地方，她指的是体育馆吗？那是他在王之城见到的第一座石质圆形建筑，在那里，地底人坐在蝙蝠背上，进行着某种球类运动。从宫殿走到那里大概需要二十分钟的时间。

绕了半天的路，格雷戈尔终于找到了出口，有两名护卫把守。大门外的平台被绳索高高吊起。他试着与护卫商量，他们能否把他放下去，护卫似乎对此有些诧异，反过来问他：“你没有和飞行者安排在圣殿见面吗？他会带你去参加训练的。”

昨晚，阿瑞斯和格雷戈尔一句话也没说就分开了。“没有，阿瑞斯一定忘记了。”他说。

“啊，是啊，阿瑞斯。”一个护卫说道，随后意味深长地看了自己的同伴一眼。

尽管格雷戈尔还在生阿瑞斯的气，但他并不希望他们这样看待他。“我也忘记了。”他说，“我应该提醒他的。”

护卫们点点头，让到一边，格雷戈尔走到了平台上。接着，他们将平台放了下去，这里离地面有六十米，尽管下落过程很平稳，格雷戈尔还是把绳子抓得紧紧的——地底人给他提供了无数克服恐高症的机会。

王之城里到处是紫色眼睛、肤色苍白的人们，他们正各自为生活而劳累奔波着。很多人都目不转睛地盯着格雷戈尔，如果他与他们四目相接，那些人便会一脸尊敬地冲他点点头，甚至还有些人对他鞠躬。他们认识他，或者至少听说过他的事情。他是预言里的勇士，曾救王之城于危难之中。格雷戈尔很享受这种感觉，但他一想到即将面对那只白色巨鼠，便一筹莫展。他想知道，他们会派多少士兵和他一同去与白老鼠决战，那家伙个儿很大，很邪恶……说不定需要一整支军队的力量才行。

格雷戈尔走到竞技场后，才发现自己已经迟到了。场地上布满青苔，许多不同年龄的地底人已经分散站开，他们有的在舒展身体，有的在活动关节。这和他之前参加田径训练做的热身运动差不多。他张望四周，想找到卢克萨，这时，一个声音吸引了他的注意力，“地上人！你回来了！”

格雷戈尔还没反应过来，就被人狠狠地抱住了，肋骨都差点儿被挤断。这名战士是他最喜欢的几个地底人之一——马雷斯。

“嘿，马雷斯。”他说，“最近还好吗？”

“挺好的，见到你真高兴。来，跟着我们做一些基础训练吧。”马雷斯指着一帮和格雷戈尔差不多大的孩子说。

他们开始在运动场上慢跑，从一群正在练剑的孩子身旁经过，那些孩子看起来都还不到六岁。很明显，在地下王国，无论多早进行备战训练都不为过。

格雷戈尔发现了卢克萨，便向她走去。但训练马上就要开始了，他们只好匆匆点头示意了一下便各干各的。

马雷斯先领着他们做了一套拉伸动作，格雷戈尔的身子天生不太灵活，相比之下，卢克萨却能轻松地把身体扭成“麻花”！

接着，他们做了几组加强训练，都是些标准的俯卧撑、仰卧起坐、高抬腿等。最后，他们在竞技场里跑起步来。格雷戈尔喜欢冲刺跑和耐力跑，当他发现自己是训练场里唯一一个能赶上马雷斯的孩子时，感到特别满足，马雷斯因此还在最后表扬了他。

当他们开始翻跟头的训练后，表扬带给格雷戈尔的满足感便立即消失了。他以前上体育课时也练习过体操，只不过直到篮球课开始之前，他一直都在忍受体操给他带来的痛苦。他个子很高，身体瘦弱，不管做什么动作，最后基本上都会以四脚朝天收场。现在也不例外。

卢克萨站在他身旁，强压住想放声大笑的冲动，“你翻跟头时总是不弯膝盖，接着你的脚就落在地上了。”她伸出手，示意格雷戈尔拉着她的手起来。

“是、是、是。”他说，让卢克萨把他拉了起来。体操好手总是会给你一些极佳的建议，比如：“如果你能够精神高度集中，就会取得胜利。”其实这些话说了等于没说。

马雷斯把卢克萨叫了过去，让她给大家做个示范。卢克萨二话不说，灵活地在体操设备上左右活动起来，最后干净利落地收尾——和格雷戈尔从马路边跳下来一样轻松。站在一旁观看的人群中爆发出一阵发自内心的掌声，卢克萨难得地笑了起来。她跑到格雷戈尔身边，教他做侧手翻。

卢克萨不厌其烦地向格雷戈尔解释着动作要领，“手，手，脚，脚，不要同时用手和脚。”突然，她看见了什么东西，表情一下子阴沉起来。

格雷戈尔顺着她的目光看了过去，发现在体育馆的入口处正站着五个小孩子，他以前从未见过他们。“他们是谁？”他问。

“我的弟弟妹妹们，他们一定刚刚到达王之城。”卢克萨僵硬地说。

格雷戈尔惊讶地看着那群孩子，“我以为你的堂兄妹只有亨利和那个叫什么莎的特容易紧张的女孩子呢。”

“尼莉莎。”卢克萨说，“是的，尼莉莎和……亨利，”她费了好大一番力气才说出这个名字，“他俩是我仅有的王室兄妹。我们的父亲是兄弟，都是国王的孩子，同样来自王室家庭。”

站在入口的孩子们发现了卢克萨，开始向这边走来。卢克萨一脸不悦地冲他们点了点头，“这几个孩子都是我妈妈那边的亲戚。他们身上流淌的不是王族的血液，但他们却很想成为我们中的一份子。”

“你不喜欢他们，是吗？”格雷戈尔问道。

“他们总是嘲笑尼莉莎。她的脆弱和天赋都成了他们嘲笑的对象。”卢克萨说，“我们都……不，我不喜欢他们。”

格雷戈尔知道，她和亨利一直都是以“我们”的代称出现在对话里的，即使在亨利死去几个月后，她还是难以忘记他。而亨利为了权力，背叛卢克萨、投靠老鼠的事实让她实在难以接受。如果能理解卢克萨的这种感受，就不会对她的黑眼圈感到奇怪了。

"他们是从芳特那边过来的，顺道参观一下这里，我希望他们别逗留太长时间。"卢克萨说。

卢克萨和表亲们简短而正式地互相寒暄了几句，随后便把格雷戈尔介绍给了他们。在交谈中，格雷戈尔得知，他们中年龄最大的孩子名叫霍华德，今年快十六岁了，看上去一副训练有素的样子。另一个女孩名叫丝黛拉维特，十三岁左右，一头浅金色卷发披在肩上，美丽动人。在他们身后是一对年纪较小的双胞胎，女孩叫希罗，男孩叫肯特。一个五岁的小女孩则站在最后面，正紧紧抓着丝黛拉维特的手，她的名字发音有点像"烟囱"，格雷戈尔没太听清。

他们的眼睛一直没离开格雷戈尔，他大概是他们见过的第一个地上人。

"欢迎你，地上人格雷戈尔。我们听说了很多有关你的事迹，对你的归来深表感激。"霍华德谦恭地说。

"没什么的。"格雷戈尔说，但他对"归来"这个词存有异议。

丝黛拉维特的声音甜得好像在滴蜜，"你能陪卢克萨参加冒险，一路上保护她，我们真的感到非常高兴。"

"嗯哼。但同样的，如果没有卢克萨，我早就被老鼠吃掉三回了。"格雷戈尔说。

丝黛拉维特眯起了眼睛，冲着格雷戈尔甜甜地笑了，"是啊，卢克萨就是灭鼠专家，不管他们长了多少条腿。"

这话太可怕了，很显然，她指的是亨利。格雷戈尔以前也认识这样的孩子，这种人喜欢专戳你的痛处，说些刻薄的话给你听，而你却对此无话可说，因为她说的都是实话。格雷戈尔立刻就讨厌起丝黛拉维特来。

让他略感安慰的是，听到这些话，霍华德似乎有点尴尬。丝黛拉维特和双胞胎们都得意地笑了起来。而那个小女孩——大概叫烟囱吧——睁大了眼睛，一脸困惑。格雷戈尔不用看卢克萨，就知道此时她的脸上一定写满了痛苦。

格雷戈尔盯着丝黛拉维特看了一会儿，很随意地问道："那你们是从哪儿来的？"

"我们住在芳特，我们的父亲负责掌管整座城市。"丝黛拉维特骄傲地说。

"你们芳特也有很多老鼠吗？"格雷戈尔问。

"不是很多，"丝黛拉维特说，她盯着格雷戈尔，"毫无疑问，他们很惧怕我们的作战能力。"

"他们没有来的理由。"霍华德不满地看了她妹妹一眼，"他们要想来，就必须游过凶险的河流，我们那儿既没有值得他们摧毁的农作物，也没有地上人。"

"哦，那你们见过老鼠吗？"格雷戈尔问丝黛拉维特。

她的脸一下子变红了，"是的！我看到过一只老鼠！就在河岸上！就像我们现在这么近！"

"但是,丝黛拉维特,"小烟囱拉了拉她的手,"那是只死老鼠。"

丝黛拉维特的脸更红了,"嘘!"她生气地示意烟囱闭嘴。

"我猜也是这样。"格雷戈尔说,"嘿,卢克萨,你不准备再把那套动作示范一遍给我看吗?"

"请原谅我们的失陪。"卢克萨说。

卢克萨和格雷戈尔转身走开了。他看着卢克萨,她一脸受伤的表情,但她还是挤出了一个微笑,轻柔地说:"谢谢你,格雷戈尔。"

"他们是一群傻瓜。"格雷戈尔耸耸肩答道,"卢克萨,做一个高难度的弹跳动作,震震他们。"

卢克萨停下脚步,眼睛盯着竞技场中的一点,腾空而起。她做了几个漂亮的翻转动作,又在空中轻柔地舒展着灵巧的躯体,最后稳稳地落在了地上。周围掌声雷动,但卢克萨像没听见一般,径直跑回格雷戈尔身边。"现在轮到你了。"她说。

"好,你让开些。"格雷戈尔说。他抡开手臂,那架势好像要把手甩出去似的,卢克萨忍不住大笑起来。

就在这时,马雷斯召集大家进行剑术训练。霍华德和丝黛拉维特也加入进来。他们每人都从一辆大推车上取下一把剑。格雷戈尔看了看那些武器,不知该选哪把。

"来,地上人,试试这个。"马雷斯说。他拿起一把剑,将剑背底部搁在手腕处，把剑柄的那端递给了格雷戈尔。

格雷戈尔的手紧紧握住剑柄，感受着手中宝剑的重量。这把剑的剑柄很重，剑身略轻。他拿起剑，在空中"飒飒"挥舞了几下。

"感觉怎么样？"马雷斯问。

"我想还不错。"格雷戈尔说。剑没给他带来什么奇怪的感觉，他稍稍松了一口气。所有和战争有关的东西都让他感到紧张，他讨厌打斗。

马雷斯将大伙分成多个小组，两人一组进行剑术训练。接着，他把格雷戈尔带到旁边，给他上了第一堂剑术课。身经百战的马雷斯向他展示了多种不同的攻击和防守技巧。格雷戈尔不明白这么做有何意义，反正与他为敌的又不会是人类。但他又转念一想，也许这是和战争有关的基础知识，人人都需要掌握。

过了不久，剑术训练结束了。马雷斯宣布进行火炮练习。

"火炮练习？我们要练习炮弹发射吗？"格雷戈尔不解地问卢克萨。

"哦不，那都是些用来提高剑术的小炮，帮助训练速度和精准度。"卢克萨说，"看了你就明白了。"

三门小炮被推到了竞技场上。马雷斯站在一边，把火药桶摆在一旁，桶里装满了蜡一样光滑的小球，球的大小和高尔夫

球差不多。“这些小球叫做血球。”卢克萨用手拿过来一个。

格雷戈尔把球接了过来，感觉到球内有液体在动。“里面装的都是血？”他问，顿时觉得有点恶心。

“不，只是一种红色液体，能让大家看清楚每个人到底有没有击中目标。”卢克萨说。

三门小炮摆放成一道弧形，每台炮内装有五个血球。地底人围站在小炮旁。

“哪个胆子大的愿意先来？”马雷斯笑着问道，“你来试试怎么样，霍华德？我记得上次你来拜访时成绩不错。”

听到马雷斯的赞扬，霍华德很是兴奋，他站到几门小炮间，选好位置。其中一门炮口正对着他，其他两门则分别位于他的左右两侧。马雷斯一声令下，三名地底人便拉动了炮上的手摇曲柄。血球飞快地离开炮筒，像火箭一样向霍华德射去。只见霍华德不慌不忙，手中的剑上下左右挥舞，如一条白龙上下翻飞。其中七个血球撞到剑身上，炸了开来，另外八个则完好无损地落到了地上。一切不过发生在十秒钟之内。

“干得好，霍华德！干得漂亮。”马雷斯说。霍华德看起来对自己的表现也十分满意。

“这算好吗？”格雷戈尔问卢克萨。

她耸耸肩，“还不错。”这样的话从她嘴里说出来，就应该算作表扬了。

学生们一个接一个站好位置，准备迎接袭来的炮火。有的人只打中了一两个球。卢克萨则逼平了霍华德的记录，打中了七个，丝黛拉维特的战果也很可观，她击中了五个。当所有地底人都练习完毕后，马雷斯便叫人过来将小炮移走，推到竞技场的另一边。

“现在不是应该轮到地上人了吗？”丝黛拉维特用天真无邪的声音问道。

“今天是他开始剑术训练的第一天。”马雷斯为格雷戈尔辩护道。

“看来这项练习挺吓人的。”丝黛拉维特说，“他要是能打中一个也算不错了。”

“格雷戈尔绝对不会害怕。”马雷斯恭敬地说，“但他还不熟悉我们的武器。格雷戈尔，你愿意试试吗？练一下而已。基本上每个人第一次做的时候都打不中几个。”

“行啊，为什么不试试呢？”格雷戈尔说。他居然很想尝试一下，这太奇怪了。他觉得，现在的场景很像他在弗吉尼亚州参加的集市。那里有各种项目，其中一项就是要求参与者把垒球扔进一个旧牛奶罐子里，这件事看起来简单，但只有自己亲身体验过，才发现很难做到。但不管怎么说，还是要试一下。

格雷戈尔在小炮间站好，将剑挡在身前——他看地底人都是这么做的。他觉得有些不安，还有些兴奋，就好像自己在等待投出垒球时的心情一样。他听见马雷斯下令开炮了。

就在此时，奇怪的事情发生了。第一个球离开炮筒，飞到他面前，周围变得寂静无声，竞技场、地底人，一切的一切，好像都消失不见了。格雷戈尔全部的注意力都集中在向他飞来的血球上。他的手臂不断挥舞着，甚至能清晰地听见剑身舞动发出的“呼呼”声。有东西溅在了他的脸上。一瞬间内，一切都结束了。

周围的事物再次鲜活起来：体育馆的墙壁浮现在眼前，紧接着是地底人一张张惊讶的脸。他感觉到有液体正从他的脸上、手上往下滴。格雷戈尔的心跳得厉害，他低头向地面望去。

在他脚边，躺着十五只还在流着液体的空壳。

# 7

格雷戈尔松开手指，剑落到了地上。剑身闪着血红色的寒光，虽然那并不是真的血，但看起却非常像。他抬起握剑的手在胸前擦了擦，衣服上留下了一块鲜红的血迹。突然间，他觉得有点恶心。

他转过身，离开了那把留在地上的剑，离开了那堆红色的血球，离开了议论纷纷的地底人。他刚刚的表现一下子就传遍了整个竞技场，人们向摆放着小炮的区域蜂拥而来。突然，他的身体被许多人挤压，还有人在喊着他的名字，也许是马雷斯吧。他逐渐呼吸困难起来。

突然，阿瑞斯出现在了他的面前，“我知道一个去处。”

格雷戈尔机械地爬上阿瑞斯的后背。他们从体育馆上空飞过，格雷戈尔又一次听见有许多人在呼喊他的名字，但阿瑞斯并没有停下来。他们朝与王之城相反的方向飞去，来到了一条地道的入口处。

“你会需要灯的。”阿瑞斯说。他侧飞着，向地道墙上的火把飞去，格雷戈尔伸手取了一支。借着火光，格雷戈尔发现自己的手亮晶晶的，汗水和红色的液体掺杂在一起，闪着可怖的红光。他转过头去，不想再看。

阿瑞斯继续朝地道深处飞去，地道里岔口很多，他们七拐八拐，终于飞到了一个小湖边，湖边布满了大大小小的洞穴。蝙蝠飞进了一个洞口很小的洞穴中，越往里飞，洞穴就越开阔。洞顶上倒垂着大块的漂亮水晶。格雷戈尔从阿瑞斯背上滑下来，站在天然石头铺成的地面上。

他把前额靠在膝盖上，平息着自己的呼吸。刚刚到底发生了什么？他是怎么击中十五只血球的？他一直在和马雷斯做剑术训练，当时也没发生什么不寻常的事情，但那些血球开始向他飞来之后……

“你刚才看见了吗？你看见我做什么了吗？”格雷戈尔问阿瑞斯。他早上看见有好几只蝙蝠在竞技场上飞，但唯独没看见阿瑞斯。

阿瑞斯一动不动地坐着，过了一会儿才开口回答道：“你把所有的血球都击破了。”

“我都打中了？”格雷戈尔还在努力回忆刚才发生的一切，“可我连该怎么使剑都不知道！”

“很显然，你学得很快。”阿瑞斯说。不知为何，这句话让格雷戈尔轻轻笑了出来。他打量了一下这个巨大的洞穴，洞穴里储存着食物、毯子，还有未点燃的火把。

“这儿是什么地方？是你的秘密藏身处吗？”格雷戈尔问。

“是的，我的藏身处。”阿瑞斯说，“以前，这里是属于亨利的。当我们不想和其他人待在一起时，就会飞到这里来。现在，与其说这里是我的藏身之地，不如说是我的家。”

阿瑞斯这句话里暗含的意思让格雷戈尔明白了些什么，“那你不和其他蝙蝠住在一起了吗？我以为当我与你结成拍档后，一切都会好起来的——亨利什么的，不会对你产生影响。”

“你的行为的确让我免遭驱逐，但现在除了欧若拉和卢克萨，没人愿意和我说话。”阿瑞斯说。

“维库斯也不愿意吗？”格雷戈尔问，他忘记了此刻自己的问题。

“哦，是的，还有维库斯，但他和谁都说话。”阿瑞斯无精打采地说。

格雷戈尔不知道这只蝙蝠的境况竟有如此糟糕。阿瑞斯虽然没有在肉体上被流放，但却在精神上被自己的世界抛弃了。然而他来到地下王国后，还在一个劲儿地给他下达命令。

"我对昨天的事情很抱歉。"格雷戈尔说,"我很担心小靴子,我真不该把气全都撒到你身上。"

"我也很生气,生很多东西的气,但这和你没什么关系。"阿瑞斯说。

那现在他们的关系总该有点起色了吧,但格雷戈尔还是觉得阿瑞斯像个陌生人。

"你到底是怎么和亨利在一起的?"格雷戈尔脱口而出。也许这样问不太礼貌,但此时的他非常想知道答案。

"亨利选择了我,因为我有些桀骜不驯,总是违抗蝙蝠世界的规定,算是臭名远扬吧。我选择亨利,是由于他的选择让我感觉很荣幸,而且他是皇室成员,有了他的保护,我就可以免受很多惩罚。"阿瑞斯说,"这样的选择也未必不好。我们一起飞行,经历了很多。在很多方面,我们都很适合彼此。但我们毕竟不是一体。"

看来,阿瑞斯在蝙蝠的世界里,也是个很叛逆的坏小子。当然,这恰恰是亨利所想选择的类型。格雷戈尔之所以也选择了阿瑞斯,是因为这只蝙蝠曾不顾自身安危救了自己的命——但如果当时的情形没那么特殊,他还会选择他吗?格雷戈尔不知道。

洞穴入口处传来一阵翅膀拍打的声音,只见欧若拉载着卢克萨一起飞了进来。

“我们就知道你会在这儿！”卢克萨喊道。她从欧若拉的背上跳了下来，拍着手，几乎是翩翩起舞地跳到了这边，“刚才你太了不起了！你看见了吗？你看见丝黛拉维特的表情了吗？”

“她就像含了满满一口醋一样。”欧若拉咕噜咕噜地说，她的心情也很好。

“为什么？”格雷戈尔问。

“为什么？因为你和那些血球啊！”卢克萨好像在责怪格雷戈尔的愚钝一样，“她以为你会出丑，但你却击中了全部的球！以前从来没人这么做过，格雷戈尔，你真的太了不起了！”

格雷戈尔第一次为自己的成就感到骄傲。也许他的确做了一件了不起的事，就好比打台球时一杆清台，在棒球比赛中扔出了一个无安打的球。“是吗？”他问。

“当然啦！自从上次野餐后，我再没见过丝黛拉维特的脸像今天这么臭了！”卢克萨回想起过去，咯咯地笑了起来。

两只蝙蝠也一起发出了“啊啊啊”的声响。过了好一会儿，格雷戈尔才意识到他们也在笑。

“哦，格雷戈尔，你当时要是能亲眼看到就好了。维库斯让我们同芳特来的表亲们一起去野餐，他觉得这样能让我们的关系更加融洽。丝黛拉维特一直在假装她听见了老鼠的动静，害得尼莉莎非常害怕。为了治治丝黛拉维特，亨利便骗她吃了些蛾茧，后来，她整个下午都在忙着把牙缝里的蛾茧丝剔除干净，嘴中还不停地念叨，‘我系不会原谅你们滴！’”卢克萨模仿得惟妙惟肖，仿佛她的嘴里真的吃进了蛾茧丝一样。

“他是怎么骗她吃蛾茧的？”格雷戈尔问。这真是件既有趣又恶心的事儿。

“他告诉丝黛拉维特说，有一道精致的菜肴是专门给皇室成员准备的，她没办法和他一起分享。听到这话，丝黛拉维特当即就偷偷抓了一把，塞进了嘴里。”卢克萨说。

“亨利能骗她做任何事。”阿瑞斯说。紧接着，他又发出一阵“啊啊啊”的笑声。突然，他脸上的笑意没了，“他也骗过了我们所有人。”

一阵乌云似乎笼罩在了蝙蝠和卢克萨的头顶，亨利对他们的所作所为远比对丝黛拉维特的恶劣得多。

“不管亨利做错了什么，他至少对我们芳特表亲的看法是准确的。”卢克萨冷酷地说，“特别是丝黛拉维特。她做梦都想我和尼莉莎死，她认为这样维库斯就会登上王位，到时候她这个做外孙女的就能当上公主了。”

听了她的话，大伙儿全都陷入沉默中，直到欧若拉调整了一下情绪，换了个话题，“格雷戈尔的成就会对你有好处的，阿瑞斯。”

“咱们走着瞧吧。”阿瑞斯说。

“肯定的，你和一个能击中全部血球的人成为拍档，不会有坏处的。”卢克萨说,“现在没人敢忽视你了。”

格雷戈尔希望她说的都是真的,就目前情况来看,阿瑞斯的生活并不如意。

突然,阿瑞斯和欧若拉抬起头来。卢克萨凝神听,连忙跳到欧若拉的背上。她们以闪电般的速度冲了出去。

格雷戈尔听到远处传来一阵号角的声音,那音调很高,像是有人在哭号。“发生什么事了?”他问。

“是警报,地上人,我们最好赶快起飞。”阿瑞斯说。

格雷戈尔抓起火把,把腿跨到了阿瑞斯的脖子上。他们很快就飞到了空中。

“警报?什么警报?”他们飞越湖区上空的时候,格雷戈尔问。

阿瑞斯的声音听上去很镇定,但他全身的肌肉却绷得紧紧的。“这警报意味着有老鼠进入王之城了。”

# 8

格雷戈尔抓着阿瑞斯的毛发，心里做着最坏的打算。要是老鼠进入了王之城，他们的目标肯定只有一个——小靴子！

“快啊，阿瑞斯！请你一定要快点！”格雷戈尔说。

“好的，地上人，我一定尽我所能。”阿瑞斯说。他强有力的翅膀急速拍打着，掀起一股强劲的气流。“卢克萨和欧若拉已经直接去找你妹妹了。”

虽然他们飞回竞技场只用了几分钟，但格雷戈尔感觉仿佛过了一个世纪那么久。他的脑海中突然冒出了这样一幅恐怖的画面：一支目标明确的老鼠大军浩浩荡荡地杀进了王之城，那只白色巨鼠正目露凶光，准备取走小靴子的命。

他们疾速飞进体育馆，一个护卫对着将运动场和城市隔开的大石门挥手，大声提醒他们，"就两只老鼠！在那儿！门边上！快退后！"

阿瑞斯急忙开始减速，他们距离战斗发生的地方很近，足够将发生的一切都看得清清楚楚。此时，两只老鼠正站在门前，和十二个骑在蝙蝠背上的地底人进行殊死搏斗。身型稍小一点的老鼠弹跳力惊人，随便蹦跶一下，就能跳得老高。但人们的注意力并没有集中在他身上——另一只大个子老鼠正奋力保护着他，好让他免受地底人的袭击。

大老鼠动作迅速，格雷戈尔看得有些眼花缭乱。大老鼠飞速地旋转着身子，前后腿不停地跳跃，用利爪和尖牙攻击着所有能靠近他的东西。很多地底人和蝙蝠都受了伤，但老鼠们却毫发无损。格雷戈尔突然觉得自己好像在看功夫电影一般，电影中的任何角色都伤不了剧中那个身怀绝技的高人，他觉得自己就好像在看……

"哦，不！"格雷戈尔惊呼道，"是他，他一定是……"

"瑞普瑞德！"阿瑞斯抢白道。

"快让他们住手！"格雷戈尔说。

阿瑞斯一刻也不敢耽搁，径直往下飞去。他从侧面俯冲而过，掀翻了两名冲在队伍前面的骑手。随后，他沿着"8"字型路线继续飞行，扰乱了一小部分地底人的目标，飞到了瑞普瑞德头上，以一种奇怪的姿势盘旋在半空中。

“住手！”格雷戈尔喊道，“住手，他是我们的朋友！”

地底人往后退了些，他们不想伤害到格雷戈尔，但同时又愤怒地对阿瑞斯大声吼叫，让他不要拦着他们。

“不，你们不明白！他是站在我们这边的！他是瑞普瑞德！”格雷戈尔的声音盖过了所有的嘈杂声。地底人一听到瑞普瑞德这个名字，纷纷一言不发地朝后退去。

大老鼠随即停止了旋转，懒洋洋地倒在了地上。他那刀疤脸上突然浮现出一个笑容，露出了尖利的长牙，“哦，看看他们啊，地上人，他们是不是很可笑？”

格雷戈尔也很想笑，他看见几个地底人惊讶地张大了嘴巴，他抑制住了想笑的冲动。“别这样，”他对瑞普瑞德说，“这并不好笑。”

瑞普瑞德的笑声更大了，“你自己清楚！要知道你也想笑！”

在如此紧张的局面下，说这种话实在太过愚蠢，但它让格雷戈尔卸下了防备，也忍不住轻轻地笑了出来。他赶忙停下来，不过太迟了，大家都听到了他的笑声。“你给我闭嘴，行吗？”他对瑞普瑞德说。但瑞普瑞德完全不把他的话放在心上，自顾自地放声大笑起来。

“你们能不能把维库斯、索罗维特他们请过来一下？”格雷戈尔问。但没有一个地底人回应他或是飞走去通知维库斯他们。他注意到那只稍小一些的老鼠正盘坐在大门边,眼睛睁得大大的,不停地喘着粗气。格雷戈尔料想,他一定是瑞普瑞德的朋友。“嘿,你好,很抱歉搞成现在这样。我是格雷戈尔,很高兴见到你。”

小个子老鼠好像对格雷戈尔充满了敌意，龇牙咧嘴地冲他吼个不停,吓得他和阿瑞斯往后连退了几步。

瑞普瑞德的尾巴在地上打着欢乐的拍子。“哦哦！你不用和她好言好语,”他喘着气说道,“傻奇提普憎恨所有人！”

那只名叫傻奇提普的小个子老鼠向瑞普瑞德咆哮起来,舞着爪子,在长着青苔的地上刨开一个洞,把鼻子埋了进去。

好吧,没错,她的确很怪。

“基本阵型!”一个声音对蝙蝠队伍下达了命令,格雷戈尔扭过头,发现索罗维特正骑在一只蝙蝠的背上,准备着陆。地底人让蝙蝠下降至地面，将队伍收缩成紧凑的菱形。索罗维特没有搭理面前的瑞普瑞德，径直从士兵和蝙蝠队伍中走了过去,安排伤员接受医务治疗。紧接着,她就地解散了余下的士兵。

这时,瑞普瑞德已经调整好了心情,舒展着身体。傻奇提普的鼻子还插在青苔洞里,正在用嘴巴呼吸,呼吸声短而急促。

索罗维特走到老鼠面前,示意阿瑞斯在她身边着陆。她冷酷地看着侵入者,“我刚把十一个手下送进医院。”

“哦,我只不过轻轻挠了挠他们而已,给他们一个机会,练习下该如何应对活着的老鼠。我想我们都得承认,他们迫切需要这样的练习。”瑞普瑞德意味深长地点了点头。

“你本应该在护卫的陪同下,于明天出现在昆兹海德。”索罗维特说。

“是明天吗?但我确切地记得是今天啊。我们等了好久,可怜的傻奇提普一直想来看壮美的王之城,都等得不耐烦了,我真的不想一拖再拖,让她失望。对不对啊,傻奇提普?”瑞普瑞德边问边用尾巴尖戳了戳她。

傻奇提普把鼻子从布满青苔的地洞里抽出来,去咬瑞普瑞德的尾巴。但瑞普瑞德反应迅速,及时把尾巴收了回来。见没有得手,傻奇提普又把鼻子插回了土里。

“她对异性真是有吸引力啊,你能抗拒她的魅力吗?”瑞普瑞德说道,“从死亡之地到王之城,这一路上都是她在和我做伴,想想吧,那过程该多有趣!”

傻奇提普怒气冲冲地瞪着瑞普瑞德,但没有攻击他。

“那为什么你要让她与你结伴而来?”索罗维特看着傻奇提普问。

“为什么?她是我给你、你的人民,还有格雷戈尔带来的一份大礼。是的,特别是格雷戈尔。”瑞普瑞德说。

格雷戈尔警觉地看着那只情绪阴晴不定的母老鼠,疑惑不解地问道："给我？她是你送给我的礼物？"

"嗯，也不完全是。她并不欠我什么东西，我和她做了个交易。她同意帮你找到那只名为'灾星'的白色巨鼠。但条件是，如果她能成功，我就同意她和我那群快乐的小老鼠一起在死亡之地里生活。"瑞普瑞德说，"你要知道，她很久之前就被赶出了噬咬者的土地，这些年来一直独自生活着。"

"就因为她是个疯子。"索罗维特说。

"哦，不是的，她没疯。傻奇提普天赋异禀。给他们看看你能做什么吧，傻奇提普。"瑞普瑞德说。傻奇提普怒视着他。"来吧，给他们看看，否则你就要和我一起生活了，就是我们俩。"

傻奇提普不情愿地抬起头，擦掉鼻子上的青苔和泥土。她歪着下巴，深深地吸了一口气，面部开始扭曲，"这男孩的妹妹正住在一个大圆形建筑的第三层，和其他八个小鬼、两个成人待在一间房子里。她刚吃了蛋糕，喝了牛奶。她正在换牙。她的兜布湿了，她的衬衣是粉色的。"傻奇提普一口气说了出来。说完，就又把鼻子插进了青苔里。

索罗维特的眉毛抬了起来，"她是个嗅觉预言者？"

"是的，她的嗅觉异乎寻常地敏锐，甚至能通过味道辨别出东西的颜色。她真的是万里挑一的好手，不过也是个畸形儿——一个怪物。傻奇提普所在的族群，为她这一天赋感到深深的不安。但这种天赋对你来说却非常非常有用，对不对，我亲爱的索罗维特？”瑞普瑞德说。

“如果她能独自生存在死亡之地，那战斗能力也一定不弱。”索罗维特的脸上第一次展露了笑颜，“你能留下来和我们一起用餐吗，瑞普瑞德？”

“行啊，恭敬不如从命。”瑞普瑞德说，“你让他们做点虾来吃吃，行吗？记得千万不要吝啬在菜里放奶油啊！”

“绝不吝啬。”索罗维特同意道。

“还要给傻奇提普准备很多吃的，但味道要清淡，她非常反感你们这儿的味道。”瑞普瑞德说。

索罗维特于是传令下去，命人将傻奇提普带到了离王之城很远的一个岩洞里，那里远离城市的气味，可以让她少受些折磨。

在他们出发之前，索罗维特对格雷戈尔说道：“我一直都没有时间好好欢迎你，格雷戈尔。我听说你今天在训练时引起了不小的骚动。”

“我猜是这样吧。”格雷戈尔说。

“他击中了全部的血球。”索罗维特告诉瑞普瑞德。

“真的吗？”瑞普瑞德说，饶有兴趣地重新打量着他。突然，瑞普瑞德的尾巴不知从哪儿冒了出来，朝格雷戈尔的脸抽去。让格雷戈尔自己都感到惊奇的是，老鼠的尾巴竟被他牢牢地抓在手里。在尾巴即将扫到他脸上之际，他条件反射般地拦了下来。

“嗯，这招你们的确教不了。”瑞普瑞德一边说，一边将尾巴从格雷戈尔手中抽了回来。

为了避免在城市里引起不必要的骚动，瑞普瑞德和索罗维特一起从一条特殊通道出发，向宫殿走去。

阿瑞斯载着格雷戈尔飞回了宫殿。护卫们在圣殿里热烈欢迎了他，在经过一番短暂的心理斗争后，他们也同样欢迎了阿瑞斯。也许之前欧若拉说得没错，既然这只蝙蝠和一个能击中全部血球的人结成拍档，那他以后的日子应该会好起来的。

在浴室里，格雷戈尔狠命擦洗着身上的“血迹”，但那些液体还是顽固地在皮肤上留下了印记。最终他选择了放弃，只希望它们能在他回到学校上课前消失——等消灭那白色巨鼠以后吧。

格雷戈尔来到育儿室接小靴子，很高兴看到达尔西特在。她是个非常善良的保育员，在他们第一次来到地下王国时，一直是她悉心照料着小靴子。

“小靴子怎么样啊？”

“哦，她今天过得很开心。我想这都因为太普的缘故。”达尔西特冲着角落点了点头。

格雷戈尔这才注意到那只巨大的蟑螂，他浑身上下都被一帮小孩子装点了起来：每条腿上都套着一只不同的鞋子，脑袋从一件长长的紫色袍子里冒了出来，但衣服都堆在了他的脖子上。那只弯曲的触须上还装饰着紫色的蝴蝶结。小靴子又将一顶毛茸茸的帽子戴在了太普的头上，所有的小朋友都兴奋地上蹿下跳，高兴得尖叫不已。

“太普有帽子了！太普有帽子了！”格雷戈尔向小靴子走去，她开心地对他大喊道。

“呜呜呜，”太普哀号着，“呜呜呜……”

“是啊，”格雷戈尔说，“他看起来真不错。但现在我们该吃晚饭了，小靴子。”

他蹲下身子，对太普小声说：“别担心，伙计，我会帮你弄好的。”他遏制住想笑的冲动，开始帮太普解下纠缠在他头上的那堆衣物。在家时，他经常会成为小靴子穿衣游戏的实验对象，小靴子一玩就是好几个小时，格雷戈尔有时都会同情自己。

晚餐意外地变成了参加“灰色预言”冒险的成员大集合——当然了，是那些活下来的成员，一共八位，除了格雷戈尔的爸爸，其他几位都到了：格雷戈尔、小靴子、卢克萨、欧若拉、阿瑞斯、太普和瑞普瑞德。今天的晚餐由索罗维特和维库斯主持。维库斯可能觉得这样会给大家些许安慰吧，可一想到那些逝去的生命——两只蜘蛛即高克斯和福列克斯、蟑螂提克、还有卢克萨的堂兄亨利——格雷戈尔就觉得万分痛苦，他们的逝去对其他幸存者造成了极大的精神折磨。

今天是小靴子第一次发现提克已经不见了。提克为了保护小靴子，献出了自己的生命，当时小靴子正发着高烧昏睡着。他们回家后，小靴子也提起过提克，以为她还活着。格雷戈尔不想把提克的死讯告诉小靴子。她只是个两岁大的孩子，无法理解死亡的含义，就让提克永远活在她心里吧，而且他从未想过他们还会回来。小靴子细小的声音不停地问着："提克在哪儿？提克上哪儿去了？"格雷戈尔不由得感到一阵阵悲伤。

几分钟之后，大家都吃不下了。阿瑞斯一句话都没说，径直飞出了房间。太普躲在桌子下面，发出古怪的"咔哒"声。格雷戈尔想，这可能是蟑螂哭泣的方式。

瑞普瑞德看着一桌的客人，也禁不住扬起了眉毛，"真的要这样吗，维库斯？你要安排我们在餐桌上互诉战争经历吗？"

"我觉得这么做会起到疗伤效果，"维库斯说，"会让一些人更能接受自己死去同伴的悲伤。"

这时，卢克萨跳了起来，一脚踢在椅背上，椅子倒在了地下，她和欧若拉头也不回地走了。

"而且效果显著。"瑞普瑞德说，"啊，也许对我来说效果还不错吧。"老鼠将爪子伸进面前装满大虾和奶油的盘子里，整张脸埋进盘子里，一口气吃了个底朝天。至少他这种行为让小靴子分心了不少——她被瑞普瑞德的吃相深深吸引了，也把头埋进自己的盘子里，模仿他的样子大吃起来。

瑞普德将嘴巴从盘子里拔出来，酱汁顺嘴滴下，模样甚是滑稽。他满意地呻吟道："嗯……"

"嗯。"小靴子也模仿他感叹道。她咯咯笑着，再次把脸埋进盘子里，啧啧有声地吃了起来。

瑞普瑞德用他那长长的舌头舔吸着爪子，将上面的奶油酱舔得干干净净。"在死亡之地可没这样的美味。当然了，自人类将噬咬者赶出他们的主要渔猎地后，我们很难再享受到此等美食了。"

"说不定让他们挨一点饿，能让他们反思一下袭击我们的错误决断。"索罗维特说。她正吃着一大盘蘑菇。

"噬咬者肯定没饿死吧？"维库斯问。

"是吗？"瑞普瑞德说，"你把他们赶到了一片不毛之地。那里的河流虽一刻不停地流淌，但要捕渔却很危险，而且河流处在爬虫领地的下游，因而打捞工作经常一无所获。你觉得，他们到底靠吃什么维生？"

餐桌上一片沉默。

格雷戈尔试图想象自己变成了一只饥肠辘辘的老鼠。人在饥饿的时候，满脑子里装的全是食物——人尚且如此，何况是老鼠。

"人类这么做，并不有利于全局。为了对付这个局面，我已经经历了太多了。你种什么因,就会得什么果,索罗维特。"瑞普瑞德说。

"你大老远跑来,就是为了告诉我这个,瑞普瑞德?"索罗维特不为所动。

"不,但你知道你在做什么。你在做这件事时,还是乐在其中的。我送傻奇提普来,是为了教格雷戈尔另一个招数,而他从你这儿永远也学不到。"瑞普瑞德将一整条面包扔进嘴里,猛力一推椅子,离开了桌边,"孩子,准备好了吗?"

"准备什么?"格雷戈尔看着瑞普瑞德嘴里四处散落的面包屑问。

"你的第一堂课。"瑞普瑞德狠狠咽了一口,"从现在开始。"

“回声定位法？”格雷戈尔茫然地问，“你要教我回声定位法？”他站在王之城地下的一个圆形洞穴里，除了手中的一个迷你手电筒，其他什么都没有。

瑞普瑞德懒洋洋地靠在一面墙上，姿态慵懒。他作战时，身体的所有部位都能协调一致，迸发出无穷的能量；而在其他时候，他的样子真是不堪入目。格雷戈尔不由得想起了那些伟大的棒球投手，他们脱下比赛服后，步履蹒跚，一个个支楞着个大大的啤酒肚。看到这种场景，你简直不敢相信，他们居然能在偌大的赛场上大气不喘地跑来跑去。一旦他们抓住机会拿上投手板，他们就会投出无数个时速达一百英里的快球，让观众们大饱眼福。

而现在，连这副懒洋洋的姿态，似乎都消耗了瑞普瑞德不少精力。他倚着岩洞的石壁滑坐下来，“是的，回声定位。跟我说说你都知道些什么。”

“我知道蝙蝠会用这个方法，说不定海豚也会。就好像雷达一样。他们先发出一个声音，声音碰到物体上再反弹回来，这样他们不用看，也能知道东西在哪儿。”格雷戈尔说，“但作为人肯定做不了，我就做不了。”

“从某种程度来说，任何人都能做到。在地上的世界，一些盲人就会使用这招，效果还很不错。”瑞普瑞德说，“但地底人不太在乎这个技能，在这点儿上他们实在太愚蠢了。我们其他生物或多或少都能用到点儿。”

“你是说，蟑螂、蜘蛛，还有……”

“我们全部。我们祖祖辈辈都生活在地下，当然这技能也进化了不少。如果你掌握了回声定位法的基本原理，必将受益无穷。”瑞普瑞德说，“比如，如果你和一只老鼠待在暗无天日的洞穴里……”

说话间，瑞普瑞德的尾巴扫了过来，格雷戈尔连忙伸手去抵挡，不过这次他反应慢了点。瑞普瑞德用后腿将格雷戈尔手上的迷你手电筒踢了出去，手电筒在空中打着旋，飞到六米开外的地方。灯光照在了石壁，他俩陷入了黑暗之中。

“现在，我在这儿。”瑞普瑞德的声音在格雷戈尔身后响起，吓了他一跳。他一个急转身，但瑞普瑞德低沉的声音又从他左侧传了过来，“又到这儿啦。”

手电筒又从地面那头滚回来，撞到了格雷戈尔的脚上。他一把抓起手电筒，发现瑞普瑞德又懒洋洋地靠在了墙上，就在刚才手电筒所在的位置。

“请你教我吧。”格雷戈尔气馁地说。

瑞普瑞德开始授课了。他先让格雷戈尔闭上眼睛，用舌头触碰上颚，发出“咯咯”的声音。接着，格雷戈尔必须认真倾听，仔细辨别音质的不同。当他走向洞壁和走近瑞普瑞德时，传过来的回音都是有区别的。几番练习之后，瑞普瑞德决心考考格雷戈尔。他让格雷戈尔关掉手电筒，然后发出声音。一旦格雷戈尔觉得老鼠出现在某个角落，指出方位即可。

格雷戈尔努力尝试着。但他在过去的两天里只睡了三个小时，重新回到地下王国又给他带来了种种困扰——预言、训练等一系列的烦忧，他表现欠佳，连续十次估错方向。

“集中注意力，地上人！这招以后会救你的命！”瑞普瑞德对格雷戈尔咆哮道。

“太愚蠢了，瑞普瑞德——所有的声音在我听来都是一样的！”格雷戈尔也吼了起来，“我做不了，行了吧？”

“不，不行。你要继续练习。直到你回家前，只要一有机会，就给我下来练习。”瑞普瑞德命令道，“你也许掌握不了这个技巧,但很显然,你可以不断提高自己。”

“好的,行了。我会练习的,我们能结束了吗?”格雷戈尔的声音里明显带着不满。他已经受够这只老鼠了。

突然,瑞普瑞德的鼻子凑到格雷戈尔面前,眯着眼睛,一脸愤怒。

“听着,勇士。”他嘶吼着说道,“总有一天你会发现,你能不能击中三百个血球并不重要,重要的是,你能不能在黑暗中确定敌人的方位,明白吗?”

“明白了。”格雷戈尔只想赶快出去,但瑞普瑞德还是站在原地不动。“我会练习的,一定会。”格雷戈尔说,“我说真的!”

“好。现在我们去睡觉吧,今天算是没事了。”瑞普瑞德说。

他们向城市走去,一路上谁也没吭声。格雷戈尔想知道,瑞普瑞德是否会再次想把他杀死。当初,他们一起去救他爸爸时,瑞普瑞德让他活着,是因为他们彼此有需求:格雷戈尔需要他帮自己找到爸爸,瑞普瑞德则需要自己帮他打败戈杰国王,以助他成为新的老鼠领袖。现在又出来一个“灾星预言”,瑞普瑞德一定还需要他。但万一有一天,格雷戈尔对这只老鼠没了价值,他是不是也会随时送命?

格雷戈尔沿着一级级台阶往上爬,急欲回到自己的卧室,但脚步不由得迟疑起来。夜已经深了——大概和昨晚他来到地下王国的时间相仿——大家都睡着了。格雷戈尔迷失了方向，却找不到一个能给他指路的人。他一边转悠，一边寻找护卫。走着走着，他居然走到了一扇木门前，门后就是那间刻满了三明治预言的屋子。

门被打开了一条小缝。这倒奇怪了，格雷戈尔原以为这门一直都是锁着的。里面一定有人。

他推开门，走了进去，“嘿，里面有人吗？”

刚开始，他以为房间是空的。油灯依然放在“灾星预言”的下面，但却没有人站在那里。紧接着，他听到一阵微弱的、窸窸窣窣的声音从远处的角落里传过来，一个女孩走到了光线下。

“哦！”格雷戈尔本能地往后跳了一步。女孩的样子实在太吓人了。在此之前，他只见过尼莉莎一面。那天他们出发去开始冒险时，她来和她的哥哥亨利道别。在格雷戈尔的印象里，她弱不禁风，看上去总是一副紧张不安的样子。是她给了格雷戈尔一张写着“灰色预言”的纸条，好让他在路上仔细研究。卢克萨还跟他说，尼莉莎似乎能预见未来。

之前的她要是用瘦弱来形容的话，那现在简直就只剩皮包骨头了。她的眼睛被火光映得发亮，显得大而空洞。格雷戈尔记得，卢克萨的眼睛下面有点黑眼圈，而尼莉莎的黑眼圈则像是一弯深紫色的新月嵌在眼睛下方。她的头发很长，垂在腰部以下，松散地纠缠在一起。虽然她将自己裹在厚厚的大衣里面，却还是冻得瑟瑟发抖。

“哦，对不起。我本来不想——我只是——我在找睡觉——我是说我在找睡觉的地方，我的卧室。对不起。”格雷戈尔向房间外退去。

“不，等等，地上人。”尼莉莎用颤抖的声音说，“在这儿待一会儿吧。”

“好的，行啊，没问题。”格雷戈尔嘴上这么说，心里却想赶紧逃走，“你最近怎么样，尼莉莎？”他问道，但话一出口，就后悔了，她这副样子能好到哪儿去？

“我一直都过得不好。”尼莉莎疲倦地说。但她并未自怨自艾，这更让人伤感。

“关于你哥哥亨利的事，我很抱歉。”格雷戈尔说。

“我觉得死亡是他最好的归宿。”尼莉莎说。

“你真的这么觉得？”格雷戈尔被她的直言不讳惊到了。

“想想另一种结果吧。”尼莉莎说，“他如果成功和噬咬者联手的话，我们就都死定了。你、你妹妹、你的父亲、我们的人民，还有亨利。当然，我很想念他。”

也许尼莉莎看起来已经崩溃了，但这并不妨碍她以自己的角度来看待问题。“你知道他为什么那么做吗？”格雷戈尔鼓足勇气问道。

“他是因为害怕，我知道。我觉得在他看来，和老鼠联手，能从某种程度上给他带来他一直渴望却得不到的安全感。”尼莉莎说。

“他错了。”格雷戈尔说。

“是吗？”尼莉莎听到这话笑了，那样子形同鬼魅。

“当然。你刚不是说……要是他成功了，我们都会死吗？”格雷戈尔说。也许她或多或少患了些疯病。

“哦，是的，他的方法无疑是错误的。”她不想再继续这个话题，转而走到了“灾星预言”旁边。尼莉莎伸出她那只瘦得皮包骨的手，缓缓抚摸着墙上的那些字，就好像在读盲文一样。“而你呢，勇士？你准备好面对灾星了吗？”

灾星，瑞普瑞德倒是提起过。“你是说……预言？”格雷戈尔疑惑地问。

“维库斯没跟你说吗？我们把白老鼠叫做‘灾星’，”尼莉莎说，“你知道那是什么意思吗？”

“不是很明白。”格雷戈尔承认道。

“就是会带来灾难的东西。”尼莉莎说。

“还是不太清楚。”格雷戈尔说。

“灾祸，痛苦。”尼莉莎边说边看着格雷戈尔，想在他脸上找寻一丝理解的表情。“是很坏的东西。”她最终这么说。

“哦，我明白你的意思了。”格雷戈尔说，“嗯，是的，白老鼠。维库斯总是说他威胁着你们的生存。我应该帮助你们杀死他。”尼莉莎看起来一脸疑惑，“帮我们？哦，不，格雷戈尔，你必须耗尽他的光。你看，都写在这儿了。”她的手指迅速划过墙上的一行字。

勇士是否会耗尽你的光？

昨夜维库斯给格雷戈尔解读预言时，他的注意力都放在了老鼠们想杀死小靴子这件事上，没太在意这句话，而维库斯也没有进一步解释。对地底人来说，“光”和“生命”是同一个意思，可以互换。所以当他们说到消耗掉什么东西的光时，就是说要杀死他。预言交给他的使命就是杀死灾星，格雷戈尔知道这点，他的设想是地底人会派遣一批训练有素的士兵，与他共同上阵杀敌。

这句话在他脑海里重重回响着。

勇士是否会耗尽你的光？

一丝不详的预感骤然袭来，格雷戈尔冷不丁打了个寒战。“哦，老天啊。”他说，“你是说，有一只白色巨鼠……这里的人都期望我……一个人……你是说……我应该一个人去……”

“杀死他，格雷戈尔。”尼莉莎点头说道，“灾星必须死在你的手上。”

# 第二部分

# 捕猎

# 10

也许你根本不需要睡觉，也许你只是习惯了睡觉，以为自己会需要它，但实际上根本不需要。格雷戈尔真希望是这样，尽管身心俱疲，他却一夜没合眼。

他一直在想那只需要自己去亲手解决的白色巨鼠。一只体型更大的老鼠，说不定比瑞普瑞德还要强壮。格雷戈尔脑海里暗自臆想着灾星的样子：他的个头一定有瑞普瑞德两倍那么大，体重则可能有瑞普瑞德的九倍、十倍重。格雷戈尔能击中所有的血球又有什么用？那个怪物能像拍苍蝇一样，轻易拍死他。

当然了，关于这些细节，维库斯没有多说。在“灰色预言”实现后，维库斯也没花多少时间来凭吊四位死去的队员，他一直在努力回避他觉得格雷戈尔处理不来的事。格雷戈尔不知道还要再等多久,维库斯才会告诉他,他必须独自杀死灾星?也许只要可以,维库斯会一直瞒下去吧。格雷戈尔脑海中浮现出这样一幅画面:他惊恐地面对着一只滴着口水的白色巨鼠,而维库斯则拍拍他的肩膀,乐观地对他说:"哦,没错,顺便跟你说一下,根据三明治的预言,你必须独自一人将老鼠杀死。趁现在,赶快去吧!"

大约一天前,当他只身站在中央公园里时,他最大的担忧还只是如何筹钱去买圣诞礼物。他怎么也没料到,仅仅过了一天时间,三明治的预言就将整个世界的重担都压在了他的肩上。

格雷戈尔换了只手支撑住下巴,强迫自己集中注意力,倾听石桌周围喋喋不休的谈话声。维库斯召集了一次议会会议,来讨论格雷戈尔该如何找到并杀死灾星。议会由一帮地底老人组成,因为卢克萨还没到执政年龄,所以直到她十六岁以前,王之城都是由议会来管理。

议员们唯一达成的一致意见,就是格雷戈尔必须尽快出发。老鼠们已经知道格雷戈尔和小靴子来到地下王国了,他们一定会采取极端措施保护灾星,并伺机夺走他妹妹的命。

很显然,王之城的间谍也获得了新的消息,他们已经锁定了白老鼠现在藏匿的区域。尽管他们没有一个人亲眼见过这个怪物,但有线人告诉他们,那个地方叫做拉比瑞斯。格雷戈尔对这个词十分陌生，阿瑞斯小声告诉他，拉比瑞斯指的就是迷宫。这时，莉兹和她的猜谜书从格雷戈尔眼前一闪而过。比起格雷戈尔，莉兹更擅长在迷宫中找到出口。一想到莉兹，他就不由得想起了他的家人，他们正在地上等着他回去，对发生的一切一无所知，这想法让他无法承受。

“没错，出发吧！越早越好！”格雷戈尔说道。大家惊奇地看向他，这是他今天说的第一句话。此时，议会正在讨论该从哪条路出发去拉比瑞斯。

他们讨论了好几条路线，但每条都位于如蛛网般复杂的地道里，危险性很大。战争结束后，地下王国的人类掌控了比以往更多的疆土，而拉比瑞斯就位于老鼠地盘上一个极为偏远的角落，甚至连大多数老鼠都没去过。但如果他们把灾星送到那儿，现在一定处于重兵把守之下。

“那就只剩下水路了。”维库斯皱着眉头说，“虽然这并不是最理想的选择，但却是危险系数最低的。”

“那蛇怎么办？它们的交配季就快到了。”霍华德说。格雷戈尔不明白，为什么卢克萨的表哥出现在了议会中，他不是来做家庭拜访的吗？

“说得好。”维库斯表示赞同，“这又是一个我们需要尽快出发的理由。说不定能在那些蛇醒过来之前溜过去。”

“太好了，还有蛇。”格雷戈尔心想。他记起阿瑞斯载他飞回家时，看到的那条跃出水面长达六米的尖尾巴。他想知道那水面下到底是什么样的怪物。

“格雷戈尔，现在我们还有件事要对你说。”维库斯说，“议会一直认为，在你去追捕灾星的时候，把小靴子留在王之城，受我们保护会比较安全。”

格雷戈尔知道他会这么说。要是把小靴子带上，一起参加地下王国之旅，一定极其危险。然而，瑞普瑞德和傻奇提普能那样轻易地进入竞技场，叫他怎么放心地把小靴子留在这儿？没错，瑞普瑞德是很聪明，但老鼠们也都不笨。他和小靴子必须待在一起，就像妈妈总叮嘱他的一样。

“她得和我一起去，否则我就不去了。不用多说了。”格雷戈尔说道。他明知这话听起来很傲慢无礼，但此刻他累得根本不想顾忌什么礼貌。

在座的所有人面面相觑，沉默不语，他们明白格雷戈尔这要求过分了，却又无可奈何。

维库斯沉思片刻，让格雷戈尔去准备路上要用的物品。

格雷戈尔来到博物馆，想找到一些能发光的东西。博物馆里充斥着从地上世界掉落下来的各种杂物。有不少老古董，比如马拉车上的一个轮胎，一个装满箭矢的箭筒，一个银色的水杯，一个布谷鸟钟，以及一顶大礼帽。更接近现代的东西有钱包、珠宝、手表什么的，它们被分门别类整洁地陈列着。还有很多质地优良的手电筒，可能每个走到纽约地下通道里的人都会随身带一个。格雷戈尔从中挑出四个，还补充了很多块电池。

两件救生衣映入眼帘，他顺带把它们也捎上了。他暗自盘算，上次他们走过了很多地道，这次可能会从水路上飞过去。小靴子太小了，还不懂怎么游泳，到时候这个可能派得上用场。他还拿了一卷胶带和两包看起来还没过期的糖。

正当他准备离开时，格雷戈尔发现他和妹妹的衣服正摆放在靠近门口的两个整洁的架子上。维库斯一定命人好好保管着他们的衣服。格雷戈尔可不在乎衣服上的气味，开始换上属于自己的靴子。

他走到育儿室去找小靴子，人们告诉他，达尔西特已经把她带到河边去了。他们将在那里和众人分别。

格雷戈尔想，既然飞行是到达水路的最快捷的方式，那这个安排还算说得通。但当他走到码头时，却看见一队地底人正往两艘船上搬运货物，船正被吊在河面上，和码头处于同一高度。船身长而狭窄，让他不由得想起了以前在博物馆看到的那些船——几百年前美国原住民曾用过这样的船。但眼前的船的底部却装着巨大的灰色三角形鱼鳍——是真正的鱼鳍——一定是从特别大的剑鱼身上割下来的。船的两侧捆扎着更多的鱼鳍，可以根据需要水平展开、收回。船尾还有一块弧形骨头，作船舵用。

“这些船是怎么回事？”他问正在监督装搬工作的维库斯，“我们不是要乘蝙蝠走吗？”

“啊，是的，但水路很宽广，一路上能休息的地方很少。没有蝙蝠能有那么好的耐力一直飞过去，所以，你这一路大部分时间都要在船上度过了。”维库斯说。

格雷戈尔对划船知之甚少，只知道和飞行相比，船的速度要慢上很多。要是就这么坐船走，估计见到灾星要到猴年马月呢。

就在此时，傻奇提普悄悄走到了码头上。“哦，这下好了。”格雷戈尔想，“我敢打赌，我这一路要和这只疯老鼠同乘一条船了。”

达尔西特帮小靴子套上救生衣。对小靴子来说，这衣服太大了，他们只好尽可能地用带子把衣服固定在她身上。格雷戈尔不知道该怎么处理第二件救生衣——他游泳技术不错。突然，他看见了在码头边上颤抖的太普，正惊恐地望着汹涌的河水。

“嘿，太普，你要和我们一起去吗？”他问道。

“维库斯说，我可以去。”太普回答说。于是，格雷戈尔便把第二件救生衣给太普穿上。他告诉太普，这衣服能让他浮在水面上。太普歪歪头，瞧见他的公主也穿了件同样的衣服，便不再怀疑，欣然应允。

格雷戈尔给太普系好救生衣后的绳子，然后站了起来。他看见卢克萨、索罗维特、马雷斯和霍华德正从宫殿里往外走。卢克萨和索罗维特都穿着长礼服，而之前他们一起出发时，她穿的还是长裤。

“等等——你要跟我们一起去，不是吗？”格雷戈尔问卢克萨。

“不，格雷戈尔，我不能去。上一次我能和你同行，是因为‘灰色预言’里有这个要求。现在，所有人都认为此次旅途太凶险了，不适合女王亲自涉险。”卢克萨说着，瞄了一眼维库斯。

格雷戈尔想，就算卢克萨并不是很想去追捕灾星，那她至少也应该故作姿态，和那些反对她去的人争辩一下吧。一想到这儿，他就来气。

“那谁会和我一起去呢？”格雷戈尔问道。

“嗯，首先你要知道，我们这儿不缺少愿意与你同行的志愿者。”维库斯说道。他好像在努力让格雷戈尔相信，他们将经历一段美好无比的时光，“但名额有限。除了你之外，还有阿瑞斯、小靴子、太普和傻奇提普，马雷斯、霍华德以及他们的蝙蝠一同随行。”

“霍华德？”格雷戈尔禁不住问道。他很喜欢马雷斯，但他不想和卢克萨的表兄一起走。霍华德是芳特那边的人，谁知道他见没见过老鼠啊——除了死在河滩边的那只。

“他不仅是个极佳的战士，还谙熟各条水路。”索罗维特说，“他能和你同去，我们深感幸运。”

“嗯哼，”格雷戈尔哼哼道，“那么瑞普瑞德也不会来了？”瑞普瑞德的离开，让格雷戈尔心生前所未有的安全感，这一路上，他再也不用担心这只老鼠是否会杀死他了。

“他今天一大早就出发去死亡之地了。”维库斯说，“哦，我看见船上的物资都装载好了！我们还是赶快送你上路吧！”

阿瑞斯飞到他身边，“水里现在还不安全，我们先飞，到水路后再上船。”

“真高兴你也能来。”格雷戈尔小声嘀咕着，转而恨恨地看了卢克萨一眼，此时的卢克萨正盯着维库斯，没有注意到这点。格雷戈尔爬到了阿瑞斯的背上。

达尔西特把小靴子递给他，轻轻发出了一声如释重负的长叹，“哦！小靴子，你在不停地长大！”

“我长大了！我骑蝙蝠！骑蝙蝠！”小靴子欢乐地叫着，在格雷戈尔面前跳啊跳。在上一次旅途中，格雷戈尔把她放进了一个背袋里，但现在她长大了，还穿了救生衣，背袋已经容不下她了。

“太普也骑！”小靴子喊道。蟑螂也急匆匆地爬到了他们身后，因为穿着那件笨重的救生衣，他的行动多少受到了一定的限制。

傻奇提普跳到最大的船上，趴在船的中央，身体平贴着甲板，鼻子则伸在一侧，呼吸着从河面上掠过的微风送来的冰冷空气。格雷戈尔不由得对这只老鼠心生怜悯起来。说不定在这次路途中，她是唯一一个比自己还可怜的生物。

几组蝙蝠抓着绳索，吊着两艘装满了物资的船，开始在河面上飞行。阿瑞斯跟在他们身后起飞，格雷戈尔紧紧抱着小靴子。他现在对这种旅行可以说是驾轻就熟了。王之城的灯火渐渐暗淡下来。当他们飞到河岸边时，河水两旁的水晶墙散发出点点微光，那里正是格雷戈尔第一次和老鼠正面交锋的地方。最终，一行人飞到了宽广的水路上空。

他们在水路上飞行了好几英里，几对蝙蝠渐渐将高度降低，把船放入了水中，紧接着就都飞走了。霍华德的蝙蝠飞进了傻奇提普所在的那艘船上。阿瑞斯则在第二艘船上歇息，马雷斯的蝙蝠也和他待在一起。

“她叫安德罗美达，是我的结合。”马雷斯一边介绍，一边伸手摸了摸那只身上长着金黑色斑点的蝙蝠。格雷戈尔记得马雷斯在水晶河滩边和老鼠打斗时，骑的就是这只蝙蝠。她受了很严重的伤，未能加入“灰色预言”的阵营。格雷戈尔突然觉得自己该对那场冲突负责，毕竟那一切都是因为他想逃跑而引起的。

“嘿，很高兴见到你！”他说道。安德罗美达还会因为那晚发生的事记他的仇吗？

“能见到你也是我的荣幸，地上人，”她说。也许她和马雷斯一样，也已经原谅了他。

马雷斯还给格雷戈尔介绍了一下霍华德的结合。她叫潘多拉，长着铁锈般暗红的美丽毛发，动作极其优雅。但她态度淡漠，只对格雷戈尔说了句“欢迎”。

在大家相互道别完毕后，维库斯跨上了蝙蝠的后背，准备离开。“格雷戈尔，我忘记把这个给你了。”维库斯像想起什么似的，大喊道。他骑着那只大灰蝙蝠从格雷戈尔的船上俯冲过去，在甲板上丢下了个什么东西。格雷戈尔捡了起来，是个纸卷，上面写着一份“灾星预言”，优雅的笔迹出自尼莉莎之手。

“高飞吧！”维库斯向他们鼓励式地挥挥手，向王之城飞去。格雷戈尔努力让自己不回头去看。

小靴子正在格雷戈尔的怀抱里疯狂挣扎着，她想跳出去。一想到她要在船上跑来跑去，格雷戈尔就紧张不已，但他又不能成天就这么抱着她。于是他把小靴子放了下来，严肃地告诉她，“只许待在船上！”

幸运的是，这艘船船体很深，她根本爬不出去。格雷戈尔站在船中间张望着，船的两侧逐渐升了起来，直至与他的肩膀齐平。那可伸展部分的船身是用兽皮做成的，盖在一个骨头做成的框架上。船中央有一块宽约六十厘米的甲板，占据了船头三分之一的位置，马雷斯从里面将一个木制船桅升了起来，用铰链在底部固定住。这是除三明治的房间门外，格雷戈尔在地下王国看见的第二件由木头制成的东西。船里有几张皮革制成的椅子和大量的补给品——以食物居多。

“我们真的要把这些都吃完吗？”格雷戈尔问道。

“这些不全是给我们的，发光虫也需要吃很多食物。”马雷斯说。

“发光虫？”格雷戈尔问。

“维库斯没告诉你吗？”马雷斯问道。

格雷戈尔忍不住想，在接下来几天里，他还要听多少遍这句话。

“在长途旅行时，我们没法携带足够的可提供光源的燃料。所以我们就雇了发光虫来帮助我们。”马雷斯说，“他们会直接飞到这儿来——啊，是的，你看……他们这就来了。”

格雷戈尔转眼看向无尽的黑暗，发现了两点光源。那两点光时隐时现，距离他们越来越近。随着那闪烁不定的光源持续靠拢，格雷戈尔渐渐看清了他们的外形——是昆虫。等两只大虫停歇在船头时，他一眼就认出了他们。

“哦，是萤火虫啊！”他说道。格雷戈尔爸爸的家在弗吉尼亚有个农场，到了晚上，萤火虫都会飞到森林边上来。一闪一闪的光仿佛让整个区域都充满了魔力。相比之下，面前这些身长约九十厘米的大虫子,看起来可就不那么吸引人了。有一点格雷戈尔必须承认,当虫子们的屁股亮起来时,光线的确还算不错。

“欢迎你们,发光虫。”马雷斯鞠了个躬。

“欢迎你们大家。”一只萤火虫用高而烦躁的语调说道,“我名叫福托闪闪,是个雄性;她名叫扎普,属于雌性。”

“这次该轮到我做介绍了。”扎普用哭号般的声音强调说,“上次是福托闪闪介绍的!”

“我们都知道,作为雄性,在视觉上,我对人类更有吸引力。”福托闪闪说,他会发光的尾部不停变换着颜色,“扎普只能发出一种颜色的光,那就是黄色。”

“我恨你!”扎普尖叫道。

看到此番情景,格雷戈尔忍不住想,这两只小家伙,必将成为旅行中让人烦躁不堪的对象。

# 11

格雷戈尔以前从未咬过手指，但自萤火虫到来后，他忍不住每隔五分钟就狠狠咬自己一次。他们这种生物太不可思议了！什么都要争辩：他们争吵自己应该坐在哪儿，争论谁该值第一轮班，他们认为太普是个无足轻重的爬虫，还相互辩论太普应该服侍他们中的哪一个。直到蟑螂发话，才一锤定音。他的声音里带着异常的威严，“只有公主，太普只服务公主。”

马雷斯曾试着让他们吃东西，想借此分散他们的注意力，但他们又相互斥责起了对方的餐桌礼仪。

“你一定要嘴里含满东西才能说话吗，扎普？”福托闪闪说道，“你真让我倒胃口。”

“你刚坐在自己的牛奶里，还有脸对我说这话！”扎普这话显然是个有力的回击。福托闪闪的尾部因为愤怒而变成了亮红色，他安静了至少半分钟，咬牙切齿地吃着蘑菇。

“他们会一直这样吗？”格雷戈尔小声问马雷斯。

“说实话，这对虫子和其他的比起来，已经算是好的了，”马雷斯也小声答道，“我曾经看过一对发光虫，他们为了争一块蛋糕，差点打到命都没了。”

“差点？”格雷戈尔说。

“他们不太擅长打斗，很快就累了。后来他们互相指责对方作弊，最后就放弃了。再后来他们又生了好几天的闷气。”马雷斯说。

“我们真的需要他们吗？”格雷戈尔问。

“很不幸，是这样的。”马雷斯无奈极了。

小靴子一直坐在甲板上，和太普玩着滚球游戏，此刻，这两个新来的客人也激怒了她。

“福——福，太吵了！”她拽了拽他的翅膀，“嘘，福——福！”

“福——福？福福？我是男性，叫福托闪闪，其他名字我一概不应！”福托闪闪怒气冲冲地说。

“她还只是个小孩子，说不出你的全名。”格雷戈尔说。

“那好吧，那我就听不懂她的话！”萤火虫说。

“请让我帮你翻译一下，”傻奇提普说话了，她连动都没动一下，“她说你要是再这么喋喋不休下去，坐在你旁边船里的大老鼠就会跳过来，把你的头拧下来。”

萤火虫们立马陷入了沉默，格雷戈尔突然觉得，这份宁静真是美妙无比。这让他对傻奇提普好感倍增，甚至觉得要是让自己和她同船，他也不会介意。

他们已经进入了水路深处。在发光虫到达时，船上火把的光就已经开始暗淡了，而萤火虫的光只能照亮一小片区域。格雷戈尔打开一只最亮的手电筒，照了照周围，但一分钟后就又把它关上了。旁边完全没有了土地的痕迹。

河面不再平静，风起浪涌。马雷斯和霍华德立刻将丝质的风帆升起，控制好船的方向。蝙蝠们舒服地挤在一起，打起了盹。来回扫视几遍，格雷戈尔也没有看到阿瑞斯和他们在一起，最后才发现他单独站在自己身后。他注意到，上一次在路上时，所有的蝙蝠在飞行结束后都彼此挤成了一团，唯独阿瑞斯仍旧独自待着。也许阿瑞斯现在还不受欢迎吧。

“嘿，阿瑞斯，你知道如果我们乘船的话还有多久能到拉比瑞斯吗？”格雷戈尔问道。

“至少五天。”阿瑞斯说，“但如果我们飞过去的话，就可以快些，据说很少有蝙蝠能直接飞过去，没有一只蝙蝠尝试过。”

“我打赌你能做到。”格雷戈尔说，他是真心实意说的。亨利之所以选择阿瑞斯，不仅仅因为他爱捣蛋，更因为他令人讶异的强壮和灵活的体魄。

“我本来想找个机会试验一下的，看看我能不能做到。”阿瑞斯坦诚地说道。

“就像林德伯格一样，他是第一个独自飞过大西洋的人。”格雷戈尔说。

“他有翅膀？”阿瑞斯问道。

“嗯，算是机器做成的翅膀吧。他是人，有一架飞机。飞机就是一架能飞的机器。现在人们可以坐着大飞机自如地飞过任何大海，但在林德伯格的时代却是想都不敢想的事。”格雷戈尔说。

“他在地上很有名吗？”阿瑞斯问。

“是的，他声名显赫，但现在已经去世了。当时的人们为他而疯狂，他的事迹也和战争有关。”格雷戈尔说。当时还有个很悲伤的故事，和一个小婴儿有关。但他记得不大清楚了。

格雷戈尔拿起写着“灾星预言”的卷轴，打开了它。

小家伙离世，他心将死，
最重要的部分也会最终逝去。

格雷戈尔任由纸卷自动卷起，他看着小靴子，她正拿太普的背当鼓敲，轻轻地唱着《划小船》。她是个完美的孩子，从某个方面来说，所有的小孩子都很完美。小靴子是如此的天真无邪，为什么会有人想杀死她来解决问题？格雷戈尔深知，正有一群老鼠在地下王国里搜寻着，一心想取她的性命。

“老鼠会游泳吗？”格雷戈尔看着水面问道。

“会，但不可能游到这儿来的，我们已经离岸很远了，老鼠来不了这儿。”阿瑞斯一下就猜中了他的心思。

话虽如此，最终他们还是得上岸，遇见老鼠，包括灾星这只巨鼠。

“你杀死过老鼠吗？”格雷戈尔问道。

“我自己没有过，都是和亨利一起杀的。他负责挥剑，我只负责飞。”阿瑞斯说。

格雷戈尔隐约记起了上次在水晶河岸时，老鼠范格尔死在亨利剑下的情景。

“你是怎么做的？我是说，哪里是最好的……应该把剑刺向哪里？”这些话从格雷戈尔的嘴里出来，让阿瑞斯觉得很奇怪。

“脖子是最脆弱的地方，心脏也行，但一定要先刺穿肋骨才管用。从眉宇中间下手，剑可以直接刺入大脑。老鼠的前腿上有一条静脉，割破了会大出血。如果你刺破老鼠的肚子的话，他不会立刻就死，不过几天后他就会死于伤口感染。”阿瑞斯说。

“我明白了。”格雷戈尔说。其实他并不懂，他无法想象自己做这些动作的样子。杀死那只白色巨鼠，这一切在他看来，都太不真实了。

“到时候，我骑在你身上可以吗？还是我必须待在地面上？”格雷戈尔问道。

“只要可能，我都会尽量在场的。”阿瑞斯说。

“谢谢你。”格雷戈尔说，“抱歉，都是我把你卷进这件麻烦事里来。”

“也是你，让我避免了另一个大麻烦。”阿瑞斯说。说完，他们俩就都沉默了。

马雷斯让大家停下来休息一下，吃个晚饭。他把食物传了出去。萤火虫们虽然刚吃完一顿饱饭，但还是津津有味地吃起来。

大家都吃完后，马雷斯将船帆放低，用一条船缆将他所在船的船头和霍华德所在船的船尾连接起来。“霍华德和我将轮流负责领航的船，其他人就地休息。但必须一直都有人放哨，我们还需要一只发光虫来帮忙。”

“扎普先值第一轮班。”福托闪闪说，“我的灯要消耗更多的能量。”

“你在说谎！”扎普嚎叫道，“虽然我只能发出一种颜色的光，但消耗的能量和他是一样的。他这么说就是为了好吃懒做！”

“福托闪闪先上。”傻奇提普说，“要不然我就把他的翅膀打成蝴蝶结！”这个问题就这么解决了，“谁想和他一起放哨？”

“我们人多，可以每两小时换一班岗。”马雷斯说。

格雷戈尔赞同这个提议，但他不喜欢睡了一两小时后就被人喊起来值班，所以他自告奋勇地去值第一轮班。

在领航的那条船上，霍华德站在船舵前准备就绪。他的蝙蝠刚刚收起翅膀准备睡觉了。傻奇提普自打离开王之城后都没挪过窝，正忙着闭目养神。扎普柔和的黄色尾灯渐渐变暗，随后她开始打起了呼噜。

格雷戈尔帮小靴子脱下了救生衣，用一条毯子将她紧紧包裹住，把她放在了太普身边，让他们一起睡在船尾。阿瑞斯靠在他们身边休息。马雷斯四仰八叉地躺在地板上，安德罗美达就在他身边。福托闪闪打开身上的发光体，船头亮起一盏橘黄色的小灯，照亮了船与船之间的空间。

格雷戈尔坐在一堆补给品中，把前臂搁在船身上。四下一片寂静，只有不断起伏的波浪还在发出阵阵回响，与之相伴的，还有轻柔的呼吸声，以及萤火虫的呼噜声。船在水里摆动着，起到了催眠的效果。格雷戈尔的眼皮渐渐变重了。

他这几天都没怎么睡觉……老鼠们想追捕小靴子……也许他可以把头垂在肩膀上休息一会儿……他一定要杀死瑞普瑞德……哦不，是灾星……他一定要杀死灾星……他在地下王国已经待了几个夜晚了……他必须杀死……

小靴子冰冷的手绕在了他的腰上。“怎么了小靴子？”他神志不清地问道。她现在又在捏他了，非常用力地捏他。

“怎么了？你需要毯子吗？”

他用手臂用力把自己撑起来。她的手抓得更用力了，在他的胳膊上缓慢地移动着，真的很痛。格雷戈尔的眼睛一下子睁开了。小靴子正在太普身边平静地睡觉，离他还有些距离。他赶忙把头扭向一边。

一只黏糊糊的红色触须正卷在他的前臂上。

# 12

“啊！”那只触须突然猛力一拉，格雷戈尔只来得及喊一声，便从船舷边飞了出去。要不是因为他的靴子卡在船边，早已经被拖进水里去了。“阿瑞斯！”他再次呼喊道。触须再次发力，格雷戈尔一下子便倒头掉进了水里，河水立马漫过了他的腰。幸好刚才被拉进水里前，他深深地吸了一口气。他的腿在打滑，冰冷的河水没过他的大腿、膝盖、脚踝——哦！有人抓住了他的脚，正把他往回拉。

拔河比赛开始了，格雷戈尔很不幸地成为那根比赛用的绳子。在这千钧一发的时刻，格雷戈尔差点就没命了。那个东西在把他往深水里拉，阿瑞斯则拼命将他往上面拽。格雷戈尔用另一只空着的手不断敲打着那条触须，但收效甚微。最后他忍无可忍，抬起嘴巴，使尽全身力气狠狠咬住那只触须。他不知道这么做究竟能不能伤害到它，出乎意料的是，那个生物的触须居然松开了一点。就在这时，阿瑞斯猛一发力，格雷戈尔便被从水里拉了起来，他咳嗽个不停，拼命地喘着粗气。过了会儿，蝙蝠把他放在了甲板上。格雷戈尔呕吐起来，一股水从嘴里喷出来。他模模糊糊地意识到，刚吞进去的水是咸的，好像是海水。

“地上人！”他听见了马雷斯的呼喊，“你能参战吗？”

参战？格雷戈尔手脚并用，勉强站起来，方才看清面前正在发生的一切。

数不清的触须从船的左右两侧飞起，触须所及之处的一切东西都被吸了起来。此刻，船员们正利用身边的一切东西竭力反击——剑、牙齿、爪子、钳子——尽全力切断这些来自黑暗水下的可怕生物的触须。

“抓住！”马雷斯对格雷戈尔大喊道。他看见一把剑朝自己飞了过来。他及时地抓住剑柄，一剑斩断了刚缠上脚踝的触须。

福托闪闪和扎普都在发着光。但即便是没有他们的帮助，格雷戈尔也能通过水里的光看清船上的一切——那是一种看起来既神秘又恐怖的绿色磷光。“乌贼！是乌贼！”他大喊道。

三只蝙蝠正飞在空中，不时往下俯冲，用爪子撕扯那个生

物。马雷斯和霍华德正挥舞着剑。傻奇提普好似一阵疾风，正用牙齿对那生物发动着猛烈的进攻。

“地上人，你的妹妹！”阿瑞斯提醒格雷戈尔。

格雷戈尔转身看见了太普的身影，他正站在呼呼大睡的小靴子身边，保护着她。蟑螂用嘴巴灵活地撕咬着入侵者。虽然他已经咬残了许多条触须，但总会有新的触须不断涌来。突然，有三条触须抓住了太普的救生衣，企图把他拽进水中，只留下毫无防备的小靴子。阿瑞斯赶紧冲下去帮助太普，但已经来不及了，一条粗壮的触须甩到了船尾上。

当格雷戈尔眼睁睁地看着触须伸向盖着毯子的小靴子时，那个曾经出现过的奇怪感觉再次回来了，他仿佛又进入了击打血球的状态中。周围的世界渐渐消退，似乎除了他和触须外，什么都没有。在他身边，有人在说话，有东西受到了重击，绿色的海面因为受到打击，渐渐布满了白色泡沫。但格雷戈尔的眼里只有敌人。他的剑一刻不停地挥舞着——他舞的不是一套深思熟虑的剑法，而是完全凭着直觉，和一种完全超越掌控范围的力量。他不停歇地砍着一条又一条的触须……

“地上人！”马雷斯的声音传入了他的耳里，“地上人，够了！”格雷戈尔还是没有停下手中的剑。

“格——格，不要打！不要打！”这个声音他也听见了。是小靴子在哭喊。

身边的世界再次清晰起来。格雷戈尔发现自己正站在船中央，周围的甲板上堆着无数条被斩断的触须。他的呼吸渐渐变成了短促的喘息。

马雷斯抓住格雷戈尔的肩膀，用力摇了摇，“它们走了，都结束了。”

格雷戈尔那只被乌贼缠上的手臂——不是握剑的那只——疼得厉害。拜乌贼所赐，他的前臂上留下了四个红色的环形印记，肿得厉害。格雷戈尔浑身脏兮兮的，满是汗珠、海水和乌贼的黏液。

“格——格，不要打！回家！小靴子要回家！”小靴子的声音从他身后传来。

格雷戈尔挣脱了马雷斯的手，转身看去，发现小靴子正坐在地上抽泣，一半的身体还卷在毯子里，但所幸毫发无损。她身上也沾上了不少乌贼的黏液。缺了两条腿的太普正坐在她身边。

格雷戈尔扔下武器，抱起小靴子，把她紧紧搂在怀里，“嘿，你没事，你没事，宝宝，别哭。”

“格——格，小靴子要回家，要妈妈，”她哭喊道，“妈——妈！妈——妈！”

小靴子哭得伤心欲绝。她只要一这样，没有人能哄得了她。

格雷戈尔一屁股坐在椅子上，抱着她前后摇晃，拍着她的背，努力用言语安抚她。她到底看到了多少？她都看见自己做了什么？

格雷戈尔把小靴子放在膝盖上，霍华德拎了一桶水过来，帮小靴子擦洗干净。不知怎么的，他唱了一首和洗脚趾头有关的可笑的童谣，让小靴子安静了不少。

“两排脚趾头，

五个一排走，

小靴子有十个理由动动小鼻头。”

每回唱到这儿，霍华德都会用小靴子的脚按按他的鼻子，闻闻她的脚趾头，喊声“哟”，好像那气味让他受不了一样。

“动动小鼻头，

八、九、十不漏，

统统洗一遍，变得滑溜溜。”

小靴子听着听着，渐渐破涕为笑，霍华德喊“哟”的时候她笑得尤其开心。没过一会儿，小靴子就被完全吸引住了，努力跟着他一起唱歌。格雷戈尔以前也花过不少时间来逗妹妹们开心，所以当他看见这样的场景，就知道霍华德这方面也很在行。

“这是你编的？”他问霍华德。

“是的，这首歌是给烟囱编的，她老是不想洗澡。”霍华德答道，但是他在回避格雷戈尔的眼神。格雷戈尔这才想起，自己对霍华德并不是十分友好。他本以为霍华德和丝黛拉维特是一种人，但其实，霍华德并不喜欢他妹妹针对卢克萨说那番有关亨利的话，也从未吹嘘过他爸爸掌管着芳特。

大伙帮小靴子换上干净的衣服，还给了她一块饼干。她拿着饼干一路小跑，来到太普身边，去教他新歌。

“太普，你需要绷带和药吗？”格雷戈尔问缺了两条腿的太普。

“不，腿还会慢慢长出来的。”太普说。他好像对自己的损失没觉得有多难过。

福托闪闪和扎普没有受伤，他们看见散落在船上的大量乌贼残体开心不已。很显然，对萤火虫来说，乌贼绝对算是美味佳肴。他们俩这次甚至都没有吵架，就开始了一场“看谁吃得最多”的比赛。

乌贼在安德罗美达和傻奇提普的身上留下了好几个吸盘印子。但相比之下，乌贼吸住格雷戈尔的时间最长，况且他身上也没有起保护作用的皮毛，因此他的伤是最严重的。在大家忙着冲刷身上的黏液时，格雷戈尔注意到身上红得发肿的圆形印子开始流脓了。他的身体发热，不由自主地颤抖起来。

“我想我可能中毒了。”格雷戈尔说。说完，他的膝盖一软，整个人都瘫倒在了船上。周围的一切好像都浮了起来。有人把某样东西按在了他的嘴唇上，命令他咽下去。他刚勉强把那东西吞下去，就不省人事了。

格雷戈尔发烧了，梦见自己浸在一片荧光绿的水里，水中满是泡沫，他正和不断扭动的触须搏斗，还有丑陋的鱼用尖牙一遍遍地咬着他的手臂。他的家人就坐在船边，目睹着发生的一切，他们绝望地伸出手去，努力想把他往上拉。格雷戈尔大声呼号着，让小靴子退后，但她一直不停地唱着和脚趾头有关的童谣。太普出现在一旁的水中，那件救生衣让他在水里浮浮沉沉。太普拽断了自己的腿，递给格雷戈尔。谢天谢地，就在这时，格雷戈尔彻底失去了意识。

等他再次醒来时，他被告知已经过去很长时间了。他的手臂上绑了绷带，疼痛让他忍不住颤抖。现在的他浑身难受，连睁眼都很痛。

等他睁开眼睛后，眼前的一幕让他疑惑不解。

有个女孩正微笑着，坐在船尾俯视着他。居然是卢克萨！

# 13

“我才让你独自行动了一天，你看看，你都惹了什么麻烦！”卢克萨说道。

“我敢打赌,有人也惹了麻烦。”格雷戈尔笑着说。

“麻烦可大了。”马雷斯的声音从他身后传来。不用转头，格雷戈尔就知道他的表情,一定是气坏了。

“我现在不能回去。”卢克萨满足地说,“王之城离这里太远了,要是就这么飞走的话,我敢肯定欧若拉和我一定会淹死在水里的。”

“是啊,你时间掌握得非常好。”马雷斯说。

“我知道。”卢克萨说。

“我知道你清楚。要是你能活着回家,把这个故事讲给大家听，所有人都会明白你是故意的。”马雷斯说。格雷戈尔从未多想马雷斯和卢克萨之间的关系。卢克萨是女王——或许要等到她年满十六岁才能成为真正的女王，但马雷斯是她的教练，在训练结束后，格雷戈尔发现，马雷斯并不害怕严厉责备她。

“哦，马雷斯，你准备生我的气到什么时候啊？”卢克萨说，“至少已经过了一天了。没人会因为我的不守规矩怪罪你的。”

“重点不在这里，卢克萨！”马雷斯咆哮道，“这次行动极其危险，要是你死了怎么办？你要让尼莉莎做王之城的领头人吗？她年龄已经到了，但你能想象到时候会发生什么吗？王之城会变成什么样？尼莉莎又会怎么样？”

“她会被迫放弃王位。”霍华德从另一条船上答话道。

“她不会这么做的，要是我死了，王位就是她的，绝对不会是维库斯的，也没有你和你那可恶的妹妹的份儿！”卢克萨说。

大家都震惊得说不出话来。霍华德打破了沉默，“你就是这么想的？你觉得我想做国王？我相信你把我和你另一位亲戚搞混了！”

唉，亨利再次被拎了出来。但格雷戈尔觉得，这次事端都是卢克萨挑起的。

“你也不要以为我和丝黛拉维特是同类人！她是很可恶，这点我必须承认。但我控制不了她，就像你控制不了亨利一样！”霍华德愤怒地吐出了这番话。

“要是你觉得我会相信你是无辜的，你就错了。我看过你是怎么折磨尼莉莎的！”卢克萨说。

“什么时候？我做什么了？我和她在一起的时间总共也不超过五分钟！”霍华德火气更大了。

“过节的时候，你故意把那条蜥蜴扔到她的身上！”卢克萨说。

“故意？我没有那么做！那是条罕见的变色龙，我以为她看到变色龙会高兴。”霍华德说。

“但亨利说他看见你……”卢克萨辩解道。

“亨利说？又是亨利？我真不敢相信，到了现在你还对亨利的话深信不疑，卢克萨！是不是他告诉你我觊觎皇位的？”霍华德的音量提高了，但声音里却满是挫败感，“都是亨利说的！”

“嘘——太吵了！你和福——福一样！”小靴子发话了。

“我是福托闪闪！”一个很不高兴的声音从另一条船上传来。

“哦，小声点，福——福。”傻奇提普说。格雷戈尔赶忙咳嗽几声，以掩饰自己的笑声。

小靴子用脚拍了拍格雷戈尔的头，靠了过来，头朝下地看着他，“嘿，你好！”

“嘿，你好啊。”格雷戈尔说，“怎么了，小靴子？”

“我洗了脚趾头，哟！还吃了早饭。两次哦。”小靴子伸出了四根指头。她坐了下来，把鼻子靠在格雷戈尔的额头上，彼此颠倒着看着对方。

“我看见你啦。”她说。

“我也看见你了。”格雷戈尔说。

“再见。”小靴子说完，就又跑到了船尾。

格雷戈尔勉强支撑着身子坐了起来。他浑身非常疼痛，就好像得了流感一样。他靠在船边，看着扎着绷带的手臂，“这个绷带下面的伤口是怎么样的？”

“心脏不好的人，看一眼就会晕过去。”马雷斯说，“你应该感谢霍华德，是他拯救了你的手臂。”

“拯救？你们准备把我的手臂切掉吗？”格雷戈尔本能地把手臂收回来，问道。

“要是毒液继续扩散的话，我们就准备这么做了，但霍华德帮你把毒液从伤口里吸了出来。”马雷斯说。

“啊！谢谢你，霍华德。”格雷戈尔小心翼翼地动着手指。卢克萨怒气冲冲地看着他。

“干吗？难道他帮我把毒液从伤口里吸出来，我都不能说声谢谢？”

“我以前接受过水上急救训练，我发过誓，会救助任何在水中遇险的人。”霍华德说。

“要是那天晚上我这表哥留心的话，现在你也不用感激他了。”卢克萨说。

格雷戈尔想起来那天他醒了，看见了触须……“不，都是我的错。那天本来是我放哨的，我……我睡着了。”他羞愧得都不想承认是自己犯了错，但让霍华德背这个黑锅太不公平了。

大家沉默了一分钟，马雷斯发话了，“不管怎样，我们受到袭击的可能性还是很高的，所以值班时提高警惕也至关重要。这不仅仅是出于对我们自身安危的考虑，更是因为我们不知道，这一路上还会有多少人不幸丧命。”

格雷戈尔听到这话，心里一沉，看来形势比他想象的还要严峻，“对不起，我当时太累了，我还以为我能一直保持清醒的。”

“这是你必须掌握的，你得学会如何站岗放哨。我倒是有几招能够帮上忙，让你的大脑一直保持警觉状态，相信你一定会找到方法的。”霍华德说。但卢克萨和马雷斯一声不吭，格雷戈尔知道，他们之所以会有这样的反应，完全是因为自己犯下了一个不可原谅的错误。霍华德来自芳特，那里相对较为安全。卢克萨和马雷斯则身经百战，和老鼠打过无数仗，居然也让格雷戈尔犯下了这样一个大错。

马雷斯招呼大家一块来吃饭。格雷戈尔饥肠辘辘，往嘴里塞满各类食物，一不小心被噎住了，只得赶紧从嘴里拿出一块面包，才得以继续吃下去，“抱歉，我想我从昨天晚饭后就没吃过东西了。”

“要知道，那已经是两个晚上之前的事了。”霍华德说，“你已经昏迷整整两天了。”

“两天？”格雷戈尔惊呼道。他从来没昏迷这么久过。两天，加上之前在路上度过的一天，他们一定走了至少一半的路程了，看样子灾星离他们不远了。但现在的他还是没有做好直面灾星的准备。他应该做点什么！他想让马雷斯给他多上几节击剑课，但乌贼的毒液让他浑身疲软，他甚至开始怀疑自己还有没有举剑的力气。

就格雷戈尔目前的情况来看，挥剑攻击目标似乎并不是个问题。事实上，他发现自己会情不自禁地发起攻击。就好像有什么力量控制住了他，让他不能自已。

为了赢得打败灾星那微乎其微的机会，格雷戈尔躺着练习起了回声定位法。“咯咯！”他努力集中注意，但总忍不住去想和乌贼作战的事，以及自己挥剑的手是如何失控的。他都不记得自己到底有没有出手了，就像不记得自己击打过血球一样。“咯咯！”有时这种情况会发生在疯子身上……他们的记忆出现了盲点，想不起来自己去了哪儿，做了什么。“咯咯！”还有那部和狼人有关的电影，同样的事情也发生在了他身上。狼人刚醒来，就发现自己满身血迹，不知道自己的衣服怎么了。“咯咯！”格雷戈尔知道他们并不是真的狼人。“咯咯！”但话说回来,他又知道什么？要是问六个月前的自己,他绝对不会相信这世界上真的有会说话的大老鼠！

“咯咯！咯咯！咯咯！”

格雷戈尔对这回声定位法还是不明就里，也许瑞普瑞德是对的,他必须高度集中注意力才行。但当一个人身处地下的大海中央、中了乌贼的毒、正往杀死白色巨鼠的路上赶的时候,又怎么能集中得了注意力？

格雷戈尔坐起来,看见卢克萨正坐在他身边,用一块石头磨着剑。

“感觉怎么样？”她问。

“吃了饭就好多了。”格雷戈尔答道。

卢克萨一剑割开一串绳子,测试了下剑的锋利程度。她不满意地皱着眉头,埋头继续磨起剑来。

“我觉得那把剑看起来挺锋利的。”格雷戈尔说。

“前方危机重重,这样可不够。”卢克萨说,“大家能不能都活下来还是个问题。”

“那你为什么还来？”格雷戈尔问道。

“我想你可能会需要我的帮助。就像以前一样。”卢克萨说,“欧若拉和我也是在为阿瑞斯着想。”

格雷戈尔觉得她说的都是真话，但总觉得卢克萨另有隐情,“就这么多理由吗？”

“还不够吗？”卢克萨躲开他的视线，反问道。

“当然够了，我就是觉得，嗯，也许你来还和其他什么有关……”格雷戈尔不说话了。

“其他什么？”卢克萨问道。

“没什么。”格雷戈尔说，“忘了吧。”

“现在我想忘也忘不了了，”卢克萨说，“我来还有什么其他原因？你说说。”

“还因为亨利。我是说，要是我是你，我就会向别人证明我和他不是一类人。我可能会出于让丝黛拉维特闭嘴的目的而来。”格雷戈尔说。

卢克萨没有承认他的话，但也没否认。

“那你们刚刚争论的谁做国王谁做女王又是怎么一回事？”过了一会儿，格雷戈尔问道。

“我父亲这边一直掌握着王位。我是他唯一的孩子，是王位的第一继承人。要是我有了孩子，王位将属于年龄最长的孩子。”卢克萨说。

“就算是个女孩，她又有弟弟也是如此？”格雷戈尔本以为家里没有男孩了，才会让女孩掌权。

“哦，是的，女孩同样享有继承王位的权利。”卢克萨说，“要是我没生孩子，王位将传给尼莉莎。但她是我们这族最后的继承人，要是她死了，或者退位的时候没有子嗣，王之城就会选出一个新的王室出来。”

“而丝黛拉维特就以为他们家将成为候选？”格雷戈尔问道。

“她也许是对的。维库斯和索罗维特当选的可能最大。他们最大的孩子是我的姨妈苏珊娜。接下去的继承人就将是他们的孩子——我在芳特那边的表亲。在他们一行人中，霍华德的年龄是最大的。”卢克萨说。

“听起来丝黛拉维特要做女王还得等很久。”格雷戈尔说。

“但也没你想象的那么长，在地下王国不用等太久。”卢克萨说。

蝙蝠们一直在附近盘旋，该是让他们休息的时候了。马雷斯安排霍华德的红色蝙蝠潘多拉和阿瑞斯一起值班。格雷戈尔有种预感：他将会有好长一段时间不必值班了。

傻奇提普烦躁不安起来。“有什么地方不太对劲。”她说。她抬起鼻子，嗅着空气，把头不由自主地偏向了一边。

“是不是又有乌贼来了？”格雷戈尔往水里看去，问道。

“不，不是动物，但有什么地方不对劲。”她重复说道。

“从哪儿来的？”阿瑞斯问。

“水里。”她说。

“是腐烂的东西吗？冷不冷？是不是装满了残骸？”霍华德问道。

“不，”傻奇提普说，“这些东西我都能闻出来。但现在这个，我找不到词来形容。”她也说不上什么来，现在除了躺下睡个不安稳的觉外，也没别的法子。

几个小时过后，格雷戈尔听见了水疾速流动的声音，霍华德疯狂地大喊刚才傻奇提普说不上来的那个词：

“漩涡！”

# 14

漩涡？听到这个词，格雷戈尔唯一能想到的，就只有那个他曾经做过的游戏。曾经，他的亲戚家有一个旧式的圆形水池，所有孩子玩耍时，都会在水池里绕着圈圈跑来跑去，为的就是让水流转动起来——在流水的作用下，水池中间便会形成一个漏斗状的漩涡。虽然格雷戈尔知道大海里有真正的大漩涡，但连一张图片都未曾见过。

格雷戈尔奋力跳起来，想弄清现在的状况。大伙儿闻讯，也全爬了起来，但都不明就里，一脸困惑。通常来说，地底人面对紧急事件时都井井有条，就好像已经做过百万次应急演练一般。但此时，格雷戈尔意识到，他们似乎从未应对过如此巨大的漩涡……所以也没有现成的应急措施。

虽然福托闪闪和扎普的尾灯已经很亮了，但是水中依旧一片模糊。格雷戈尔拿出最大的一支手电筒，打开它，一束强烈的光线照亮了一大片区域。顿时，他被眼前的一幕惊呆了。

船只正位于涡流的边缘处。这个漩涡看上去至少有九十米宽，水流的速度快得让人头晕。漩涡所及之处，片甲不留。不一会儿，那些被涡流席卷的东西，就打着旋陷入了漩涡中央的大黑洞里。

霍华德和马雷斯分别位于两条船上，大声商量着如何处理那条连接两艘船的绳索。

“我要把这边砍断！”霍华德喊着话，开始砍船中间的绳索了。

“不！”马雷斯喊着回应道，“飞行者会带我们出去的！”

“他们只能带走一艘船！快动手吧，马雷斯！潘多拉会回来找我的！”霍华德大喊着，一剑斩断绳索。说时迟那时快，湍急的水流立刻将载着霍华德、潘多拉、傻奇提普和扎普的领航船卷入了漩涡外圈，他们的船开始往漩涡的底部驶去。

要是这两艘船再多连在一起几秒钟，格雷戈尔这艘船就很可能会遭遇同样的命运。格雷戈尔急忙跑回船尾去找小靴子，见她还是一副半睡不醒的样子。他赶忙给她套上救生衣——为了让小靴子睡得舒服，睡觉之前，他帮她把救生衣脱了下来。事实证明，这显然是个错误的决定，现在他正手忙脚乱地系着救生衣上纠缠在一起的绑带。

突然,船身猛地偏向一边。“我们碰到漩涡了!”格雷戈尔大喊道。就在此刻,船头忽然向上仰起。格雷戈尔趴在船板上,尽量避免自己压到小靴子。他发现他们离开了水面。是蝙蝠!蝙蝠正抓着船边的绳索,把整只船往上拉。欧若拉和安德罗美达拉船头,阿瑞斯和潘多拉船尾。

“去吧,潘多拉!阿瑞斯能承受得住!快去!”格雷戈尔听见马雷斯在催促她。

阿瑞斯张开腿,一只爪子抓住自己眼前的绳索,另一只爪子则紧紧抓住了潘多拉的那一根。船身向下倾斜了一点,但这只大黑蝙蝠很快就掌控了局势。“老天啊,他真强壮!”格雷戈尔心想。潘多拉在空中盘旋了一阵子,在确定阿瑞斯没问题后,一个猛子扎了下去。格雷戈尔趴在船边,密切关注着事态的发展。

他们现在离水面大约十五米高,暂时摆脱了被咆哮的漩涡卷进去的危险,相比之下,他们脚下的景象却更使人担忧:在之前那艘领航船上,霍华德和傻奇提普正紧紧倚靠在船桅上,无助地在漩涡中打着转,船逐渐被巨浪撕扯开,在水流的压力作用下慢慢分崩离析。格雷戈尔的强光手电筒是他们唯一的光源,除此之外,船上就没有任何光亮了。

“这确实很不方便。”一个声音发着牢骚。格雷戈尔转头一看,发现扎普正坐在一卷绳子上,“现在该我睡觉了。我希望福托闪闪不要误以为该我替他值班了。”

“扎普！你在干什么！赶快飞下去，好让他们看清楚周围的状况啊！”格雷戈尔说。

“哦不，我们从来都不愿意多冒风险。我们吃得太少，不能去。”福托闪闪居然在这个节骨眼上，打了个哈欠，慢悠悠地说。

格雷戈尔跑到船的另外一边，看见霍华德挣扎着浮出了水面，不断摇晃双臂进行呼救。潘多拉抓住他的胳膊，带着他飞到了安全的地方。潘多拉先将霍华德放在甲板上一堆湿漉漉的东西上，然后从阿瑞斯手里接过绳子，继续拉着船。

在水下，傻奇提普依然绝望地抓靠着船桅。船迅速向漩涡中心靠近，就快接近那个大黑洞了。

“等等！”格雷戈尔喊道，“你们不准备下去救傻奇提普吗？”

没人回答他的问题。他看了看马雷斯、卢克萨，又看了看坐在甲板上浑身上下都在滴水、不停喘气的霍华德。他们脸上都有着一种共同的表情，这让格雷戈尔从骨子里感到冰冷异常，“她会被淹死的，你们都知道！我们得下去救她！”

“不可能的，地上人。”马雷斯说，“我们不可能靠近她的，光凭一个飞行者是抓不住她的。这不现实。”

“卢克萨？”格雷戈尔喊道。她是女王，只要她想，就可以命令他们做任何事。

“我觉得马雷斯说得没错。我们最好少冒点风险，省点力气。更何况成功率几乎为零。”卢克萨说。

“可我们需要她啊！我们需要她在拉比瑞斯给我们指路！”格雷戈尔说。他们为什么都无动于衷？

“有蝙蝠就足够了。”马雷斯说，“而且我们能完全信任他们。”

原来如此。“就因为她是只老鼠，”格雷戈尔说，“你们就准备坐在这儿，看着她被活活淹死。就因为她是只老鼠，对吗？要是现在在下面的是霍华德，或是安德罗美达，甚至太普，你们都会出手相救，换成老鼠却不行！要是你们可以的话，说不定早就把她杀死了！”

傻奇提普的小船在下面被水流折成了两半。可怜的老鼠紧紧抓着船体的残片，但没过几秒钟，连她抓着的东西也被流水卷走了。她在水里苦苦挣扎，努力不让湍急的水流把自己卷进去。看起来，她支撑不了多久了。

救生衣就放在小靴子身边的地板上。格雷戈尔冲了过去，迅速穿上救生衣，颤抖着系好带子，扣好搭扣。那只迷你手电筒——科尔马奇夫人送他的那只——就在他口袋里。他打开手电筒，准备用牙咬住它。

许多只手拉住了他。“别逞强，地上人，”霍华德说，“你帮不了她的。”

“你最让我觉得恶心！”格雷戈尔怒吼道，“一分钟前你还在下面，现在你得救了，你之前发的誓都上哪儿去了？你不是要拯救在水里遇险的人的吗？当他们遇到危急情况的时候？你都说了什么？那些话你还记得吗？”

霍华德的脸一下子红了。格雷戈尔戳中了他的要害。

“格雷戈尔！”卢克萨抓住他的手，“我禁止你去救她，格雷戈尔！你会没命的！”

“有你们做我的后援，我还不会死！”格雷戈尔说。他气得肺都快炸了，真想把卢克萨一把扔进水里，让她尝尝待在下面的滋味，“瑞普瑞德为了我才把她带过来的，他带她来是为了帮助我，只有这样，我才能帮助你们所有人和你们这个愚蠢至极的王国！”他说道，“这就是我们此行的目的，不是吗？”

格雷戈尔站在一把椅子上，将手电筒的光照向水底。老天啊！他真的要这么往下跳吗？他们说得没错，这么做的确是疯了。就算他是全世界最厉害的奥运会游泳选手，也不可能轻松游到漩涡里面，然后安然无恙地把一只上了年纪的大老鼠拽出来。但格雷戈尔深知，地底人会不惜一切代价让自己活命。要是他跳下去了，他们就会跟着一起来。只要他能抓住傻奇提普，他们就会把他们俩一起救上来。

霍华德开始把一捆东西往格雷戈尔身上系。

“松开！”格雷戈尔挣扎着。

“这是救生索！”霍华德低着头说道，“我们会从另一头把你抓紧！”

“真的吗？”格雷戈尔难以置信。

“不要试图抗拒水流，这样无济于事。尽可能顺着水流往下游！”霍华德建议道。

格雷戈尔爬上船舷，身体尽量保持平衡，他用牙齿紧紧咬住手电筒，努力不去想自己的恐高症，然后径直跳下了下去。

刚一入水，冰冷的海水便让他忍不住打了个激灵，但随后他的注意力都放在了强大的水流上。他什么都不是——只是一根细弱的树枝，一张口香糖包装纸，一只被巨大漩涡往下拉扯的小蚂蚁。突然，绳子猛地拉住了他——他们从上面抓住了他。

他被拉了起来，在黑暗的漩涡里摇晃着，漩涡底部的那个黑洞似乎要将一切都吞干吸净。顷刻间，有个想法从他的脑海中闪一过：他们不会把他放进漩涡眼里了吧？接着他就明白了。傻奇提普正在漩涡眼的最里面。格雷戈尔从漩涡眼里进出了一次，或许是两次后，就看不见傻奇提普了。

大家伙在上面晃动着绳子，把他往傻奇提普所在的地方牵引。格雷戈尔绞尽脑汁，思索自己该用什么方式才能抓住她，但已无暇定出具体计划了。当他再次被甩过去的时候，他做了一个自然而然的动作——张开双臂。他抓到了傻奇提普，和她面对面抱在一块。他的手臂抱住了她的脖子,腿缠在了她身体上,她则将爪子深深陷入了他的救生衣里。他们再次在漩涡里旋转起来。水流将他们的退路完全封锁了,强大的吸力把他们狠狠往下拽,似乎很不情愿放他们一条生路。

“他们不能坐视不管!”格雷戈尔心想,“我们快要被吸下去了!”他紧闭眼睛,等着被漩涡吞没。突然,一股强大的力量将他们往上一提,格雷戈尔顿时觉得肋骨都要被压断了——他们此刻正悬在漩涡眼上,他们得救了。傻奇提普全身的重量都压在他身上,要不是她有一只爪子被卷进了绳子里,她就掉下去了。

“不要——松——开!”她的喉咙被水呛到了。

格雷戈尔没法张开紧咬着手电筒的嘴。他想方设法从口里艰难地挤出几个字,“我不会的。”

他们又跟着水流漂了一会儿,最后终于逃离了漩涡的魔爪。接着海浪又一波波袭来,他们拼命地踩着水,借助救生衣的力量浮到了海面上,地底人连忙乘机把他们往船上拉。大家齐心协力把他们拽上了船。当格雷戈尔感觉到身下的地板后,这才松开了老鼠。

格雷戈尔和傻奇提普并排躺在一起,大口喘气,向外咳着海水。格雷戈尔这么做很有些难度——他的牙齿依然紧咬着手电筒没放。大伙儿最后拽他起来的那下让他的肋骨疼痛不已，他心中默默祈祷，希望只是瘀伤，而非肋骨折断。但和胳膊的疼痛相比，这点疼痛根本算不了什么。水流已冲走了胳膊上的绷带，伤口一览无余。他的前臂肿得高高的，吸盘留下的伤口如今变成了让人反胃的紫红色，荧光绿色的脓液缓慢地向外流着，整个胳膊看起来犹如被火烧过一样。

霍华德站在他身边，取出格雷戈尔口中的手电筒，放在一旁。格雷戈尔突然想起了一段很有意思的往事。当科尔马奇夫人把手电筒送给他时，还特别强调这只手电筒具有防水功能，底部还贴有注明防水的标签。他当时觉得这么做很愚蠢：他为什么需要一只能防水的手电筒呢？现在他明白了。

霍华德冲洗着格雷戈尔的伤口，他咬紧牙关忍住。而后，霍华德将一种冰凉的溶液倒在他的皮肤上，又换上了新的绷带。

"我知道我的建议可能提得迟了点，"霍华德说，"但我还是要告诉你：你最好不要让伤口和水接触。"霍华德的眼神让格雷戈尔不由得想起了他的祖父——维库斯。他的眼里闪烁着奇怪的光，但脸部表情却很严肃。

格雷戈尔忍不住笑了起来，"是啊，我以后会注意的。"

霍华德帮傻奇提普擦干身体，用毯子把她包裹起来，又把一瓶药水灌进她嘴里。她累得都没反抗，喝完药水，就立马睡着了。

“她还好吧？”格雷戈尔问道。

“是的。但我们得让她的身体暖和起来。冷水差点击垮了她，幸好她很坚强。”霍华德的声音里带着尊敬的意味。

小靴子走了过来，将一块饼干塞进格雷戈尔的嘴里，“你湿了。”

“是啊。”格雷戈尔一边说，一边喷着饼干屑。

“小靴子去游泳？我们去游泳？”她满怀希望地说。格雷戈尔很高兴她刚才没看见发生在船下的一切。

小靴子在第二块饼干上咬了一口，戳了戳格雷戈尔的嘴，“昨天？我们昨天去好吗？”她的时间概念完全模糊了。昨天、今天、明天、之后、之前——似乎这些名称指代的时间都和此刻无关。

“等我们回家以后吧。等天暖和了，我就带你去游泳池，好吗？”格雷戈尔说。

“太棒啦！”小靴子欢呼道。她拍拍格雷戈尔的胸，“你全身都湿了。”

格雷戈尔换上干衣服，用毯子包裹住自己。他把靴子脱了下来。这双靴子原本是带防水功能的，但泡在漩涡里却不起丝毫作用。

船上现在人满为患，小小的甲板上挤满了十三名成员。虽然每个人都找到了容身之地，但船上的空间变得愈发拥挤起来。

卢克萨坐在格雷戈尔旁边,递给他一个东西,“给,我给你做了一个三明治。”

他低头看了看那个臃肿的烤牛肉三明治。这还是他上次教会她如何做的。“谢谢。”他说。但他并没有吃。

“别生我们的气,格雷戈尔。老鼠让马雷斯和我失去的远比你知道的多得多,让我们冒险去救老鼠真的很难,就算她对我们再有用,也无济于事。”

“傻奇提普过去备受煎熬,潦倒不堪。老鼠们因为害怕她的嗅觉,就把她赶跑了,让她独自在死亡之地求生。”格雷戈尔说。

“是吗?”卢克萨问,“我不知道她还有这么一段过去。”

“嗯,当然了,因为没人问过她!”格雷戈尔说。说到这儿,他心里也不禁产生了强烈的负罪感:其实他也没和她谈过话。不过,他虽然不愿意和她共乘一艘船,但至少愿意救她。“但她很了不起,你应该看看她有什么能力。我是说,也许她不知道漩涡是什么,但她站在竞技场里闻一闻,就知道宫殿里的小靴子穿着什么颜色的衣服。我想我们到了拉比瑞斯,只有她能帮我们找到灾星!”他的声音颤抖起来,但他停不下来,勉强将语言组织好,继续说了下去,“而且……而且……她是瑞普瑞德带来的。维库斯曾经跟我说他的智慧……很有智慧……嗯,他比……比任何人都有智慧,明白了吗?也就是说,要是瑞普瑞德把她带给了我们,我们就一定会需要她。而且,不管怎么说……尽管她会帮助我们……就算她不会,这么做也不对,卢克萨!”格雷戈尔暂停了一下,想好要表达的意思,“就这么坐在船里,看着她淹死就是不对!”

格雷戈尔咬了一口三明治——现在还是不要说话的好。他很困惑,老鼠和人类到底怎么了?老鼠杀死了卢克萨的父母,他不知道还有多少她深爱的人死于老鼠之手。他若有所思地说:“帮助老鼠,并不意味着你就是和亨利一样的人,你知道的。”

“你是这么想的,但其他人并不这么看。”卢克萨说。

他们就这样相对无言,他兀自吃着三明治,不愿和她就此事一直争辩下去。

格雷戈尔在船头找了块地方，用毯子做了张床。阿瑞斯就歇在他旁边的椅子上。

“嘿，阿瑞斯。”他问道，“你怎么了？”

“看到你去救那只老鼠，我很不安。”阿瑞斯说。

“哦，这下好了。”格雷戈尔心想，“我又要把刚才那番话再说一遍了。”不过他想错了。

“我不能松开绳子。我本来可以飞下去救你的，但我不能松开船，要不大家都会掉下去的。”阿瑞斯哀伤地拍打着翅膀说道。

“嗯，我知道的。”格雷戈尔说，“我知道你当然不能，我也不希望你那么做。”

“作为你的结合，我不希望让你误以为我是故意不去救你的，”阿瑞斯说，“就像我没去救亨利一样。”

“我没这么想，真的，我没有。你救我的次数早就远超过我救你的次数了。”格雷戈尔说，“你做得很对。”

格雷戈尔坐到他临时铺好的床上。小靴子爬到了他的膝盖上，打了个大大的哈欠，“我困。”

“是的，我也很困。我们把眼睛闭起来，好吗？”他让小靴子躺进臂弯，用毯子盖住身体。

“我们闭眼睛。”小靴子说着，依偎到他怀中，不一会儿，便酣然入梦了。

这次，格雷戈尔没把她身上的救生衣脱下来。他觉得小靴子穿着它也能睡着。他暗自担忧：要是又有乌贼来袭，或是遇上了漩涡，抑或碰到其他什么危险，他该怎么办？

“嘿，阿瑞斯，”他说，“要是再发生什么不测怎么办？我需要你答应我一件事。”

“答应什么？”蝙蝠问道。

“救小靴子。我是说，你要先救她，再救我。我知道我们俩是结合，但你一定要先救她啊！”格雷戈尔恳求道。

阿瑞斯想了一会儿，“我会救你们俩的。”

“但是要是你面临不得已的情况，一定要选择先救小靴子，好吗？”格雷戈尔说。见阿瑞斯缄默不语，他再次恳求，“求你了,阿瑞斯。”

蝙蝠叹了口气,“要是我被迫做选择的话,我应该先救她,再救你。你是这么想的吗？”

“的确如此。”说完这句话,格雷戈尔便不再言语,放松地睡觉去了。阿瑞斯就待在身边,想到有蝙蝠看护着小靴子,格雷戈尔心中顿时宽慰不少。有了他和阿瑞斯,对,还有太普,小靴子应该会没事的。

几小时后,格雷戈尔醒了过来,他感觉有一个温暖的身体正压在他的腿上。他动了动,把麻木的胳膊从小靴子的头下抽出来,然后坐了起来。在福托闪闪的尾灯下,他吃惊地发现傻奇提普正靠着他躺着。这时,傻奇提普也睁开了眼睛。

她看起来一脸尴尬,赶忙往后退了大约十五厘米。船里面现在很挤,她最多也只能退这么多。这个反应让格雷戈尔意识到,她不是熟睡时不小心滚过来挨着他的,而是先故意挨过来,蜷着身体靠着他的腿入睡的。格雷戈尔又想起了另一件事:傻奇提普居然愿意靠着他睡觉,说明她是多么渴望与他人接触呀!他是人类啊,人的气味不是应该让傻奇提普感到难受的吗？她一定是孤单坏了。在死亡之地独自求生这么多年,她一定迫切地想接触所有温暖的东西,甚至是他。

格雷戈尔赶忙为她开解,“嘿,对不起,我睡着的时候一定不小心压到你了。”

“想不压到都难。”傻奇提普说,“船上太挤了。”

“是啊。”格雷戈尔说道。他打量了一下四周:马雷斯正待在船尾掌舵。安德罗美达在他身边放哨。福托闪闪则在船中央歇息,还不时变换一下尾灯的颜色。大家都睡得很沉。

格雷戈尔想再次入睡,意识却很清醒,此刻说不定是个和老鼠聊天的好机会。于是,他努力想挑起话头,但傻奇提普先开口了。

“我知道,是你让他们救了我的命。”傻奇提普说。

“嗯,我差不多算是个在前面冲锋陷阵的吧。”格雷戈尔说。他不想让她知道其实大家一开始都没准备救她。

“瑞普瑞德说得没错。他告诉我,我不可以像看待其他人类一样来判断你。”

“这很有意思。我记得维库斯也跟我说过同样的话,不过他指的是瑞普瑞德。”格雷戈尔说道。这个话题让他觉得不舒服,便话锋一转,“那你独自生活有多久了?”

“三四年吧。”傻奇提普说。

“他们为什么赶你走?我指的是其他老鼠。他们的嗅觉也不错啊,不是应该崇拜你才对吗?”格雷戈尔问。

“我以前有段时间挺有名的。后来他们发现我能闻出他们的秘密,就不希望我再和他们在一起了。”傻奇提普说,“我也能闻出你们的秘密来。”

“我们的秘密？比如呢？”格雷戈尔问道。他努力想自己会有什么秘密。爸爸的失踪以前算是他的一个秘密，至少是件他不愿意谈论的事，但那已经结束了。而现在地下王国成了他的秘密，但他也只要瞒着地上人。那傻奇提普到底指的是什么呢？

傻奇提普压低了声音，“我知道当你挥剑时都发生了什么。”

格雷戈尔猝不及防，她说得没错，那的确是个秘密。他还没告诉过别人，自己并不记得舞剑时到底发生了什么。他回过神来，示意她继续说下去。“那到底发生了什么？”他冷静地问道。

“你不但停不下来，而且还散发出一种气味。我以前只闻过一两次这种味道。对于你这种人，老鼠会叫他‘愤怒者’。”傻奇提普说。

“愤怒者？什么是愤怒者？”格雷戈尔问道。这个名字听起来像个没法控制自己脾气的人。

“愤怒者常用来代指具有特殊能力的斗士，他们生来具有某种强大的能力。别人需要多年才能掌握格斗技巧，愤怒者看一遍便能掌握。他们生来就是一流的杀手。”傻奇提普说。

对于这番形容，格雷戈尔大为不满，乃至觉得是非常恶劣的话。“我不是天生的杀手！”格雷戈尔喘着气说道。他想起了三明治的预言，预言里他被说成是个勇士，杀死灾星的勇士。

“大家都这么想吗？他们都觉得我是个杀人机器？”

“现在还没人知道，这也算是我在你身上了解到的第一件事。你是个愤怒者——这个结论其实有失公允。你身不由己，就像我拥有这嗅觉能力一样。但这并不意味着你想杀戮，只意味着你有这个能力。你的格斗技术比任何人都要好，而你一旦开始战斗，恐怕就无法控制住自己。”傻奇提普说。

格雷戈尔的心剧烈地跳动着。要是她说的都是对的该怎么办？不，她不可能是正确的。他不喜欢打斗！他甚至讨厌看到人们吵架！可那些血球和散落在地的触须，又该怎么解释？他无法控制自己的行为，也不记得自己做了什么……

“我想你把我和别人弄混了吧！”格雷戈尔只能这么说。

“不，我不会的。如果你不喜欢我说的，就不要放在心上。但最后你会知道我是对的。如果有机会，我会让你和瑞普瑞德好好谈谈。”傻奇提普说。

“瑞普瑞德？为什么是他？”格雷戈尔觉得，他最需要的人其实应该是心理医生。

“因为他也是个愤怒者，”傻奇提普说，“但和你不同的是，他学会了如何控制自己的行为。”

瑞普瑞德。对，没错。要是还有谁会是杀人机器的话，那只老鼠绝对算得上。格雷戈尔想起了瑞普瑞德向他挥尾巴、检查他反应能力的行为，他当时还说“嗯，这招你们的确教不了”。

难道他当时已经发现格雷戈尔是个愤怒者了吗？索罗维特也觉察到了吗？

“我要睡觉了。”格雷戈尔说完就躺了下来。他把小靴子往自己这边拉了拉，想让她更舒服一些。格雷戈尔紧咬着嘴唇，直视着无尽的黑暗，眼泪几乎就要夺眶而出，但他还是忍住了。要是他能活着回去的话，一定要和瑞普瑞德好好谈谈。

几个小时过去了，大家一个接一个地慢慢醒来，也许地下王国的“白天”开始了。格雷戈尔已经完全不记得自己在这儿待了多久了。他本来准备问问卢克萨，但转念一想，自己真的想知道吗？他在这里多待一天，家人就多受一天的苦。他的脑子里充斥着家人痛苦的画面：爸爸的身体因病每况愈下；妈妈连续彻夜难眠；奶奶依旧神志不清；还有莉兹，仍对未知的生活充满了恐惧。家里现在怎么样了？妈妈是不是每天都在拼命工作？莉兹是不是在努力照顾爸爸和奶奶，同时还坚持上学？她还要欺骗住科尔马奇夫人，说他和小靴子都得了流感……圣诞节也快到了吧？格雷戈尔知道，自从爸爸失踪以后，每逢过节家里的情况总是雪上加霜。周围的人们越开心，他就越觉得心酸。好不容易爸爸回来了，格雷戈尔还以为全家人终于能够过上一个快乐的圣诞节了，可他又回到了这里。眼下，他同时肩负起杀死白色巨鼠和保护妹妹生命的使命，可家人却无能为力。

船上的情形有点混乱。要让人类,蝙蝠、老鼠、蟑螂以及萤火虫这么多物种和平相处,有些勉为其难,尤其是待在同一条船上,矛盾冲突只会层出不穷。

各方的争吵声此起彼伏，问题的焦点还是集中在食物方面。由于大量的补给品都储存在那条被漩涡卷走的船上,因此剩下的可供分配的食物已经捉襟见肘。现阶段,由马雷斯负责掌管所剩不多的食物储备，每天只按严格的定量给大家分发口粮。但福托闪闪和扎普却坚持要按先前的标准收取同样的报酬。当被告知以往的好日子不会再有之后,他俩立刻哀号不止。幸好傻奇提普故意说,就算她没吃的,也能拿萤火虫充饥。他们听到后便默不作声地生起了闷气，只在需要的时候才把灯熄灭。

“那个小女孩和她的虫子凭什么吃我们的食物？”格雷戈尔听见扎普在对福托闪闪抱怨,“他们就跟偷渡客一样！”

格雷戈尔没法拒绝小靴子对食物的要求。每回一分配午饭,小靴子总是一口吞下她的面包和奶酪,接着指着格雷戈尔的那份,“我饿！”格雷戈尔没法说什么,只能把自己一半的食物分给她。但小靴子就算吃掉他的食物，还有太普的一半食物,还是喊饿。

“哦,给,把这个给她吧。”傻奇提普说道。她将一块奶酪推给小靴子，小靴子立马欢快地吃了起来。大家吃惊地看着傻奇提普。她则咆哮了起来，“这里散发着人类的臭味！反正我也快受不了这味儿了！”听到这话，大家连忙把眼神移到一边。目睹有史以来第一次老鼠把食物让给人类，格雷戈尔觉得不可思议。

面对食物危机，霍华德却不慌不忙。“我们被很多食物的包围着，只需要伸手去拿而已。”他轻松地说道。语毕，他将网放进水里，让蝙蝠们都出去捕鱼。他说得没错，没过多久，他们就收获了一大堆海产，不过不幸的是，他们没法把它们煮熟。除了人类，其他生物都对生食没什么意见。格雷戈尔很没胃口地看着冰冷的白色鱼肉，无可奈何。燃料有限，不可能浪费在煮鱼上。也许把鱼放在福拖闪闪的尾灯上稍作加热是个不错的方法，但他不喜欢那只虫子，所以始终没有开口。

“你应该试试，这东西尝起来并没有你想象的那么糟。”霍华德说话间，便将一大块鱼肉送进嘴里，大肆嚼了起来，“我们在芳特有时也这么吃鱼，王之城就不行。”

格雷戈尔捏起鱼块的一角，心想，这也许是可以吃的吧。接着他又想起很多人都爱吃的寿司，那里面不是也放了生鱼片吗？他也经常从日本餐厅外面经过，看见里面展示了不少用鱼肉、米和海苔做成的精美寿司，大小正适合入口，不过价格也很贵。格雷戈尔从没吃过寿司，但他的朋友拉里吃过，说要是放很多酱油的话，味道还不错。想到这儿，格雷戈尔闭上眼睛，想象自己正身处一家豪华的餐馆里，将整块鱼肉放进嘴里。他真希望此时自己手边能有一瓶酱油。

卢克萨也在努力吞咽着。格雷戈尔看得出来，她和他一样，对这美食并不感冒。她本不应该出现在这里，也就没有抱怨的资格。况且她表哥霍华德能吃，她也不能服输啊。

小靴子刚咬了一小口，就连忙不管不顾地将鱼肉吐了出来，用手一遍遍地擦着舌头，“不喜欢！不喜欢！”在家时，无论她们怎么哄，她也吃不惯涂了面包屑的鱼条，现在她有这个反应，也不足为怪。

傻奇提普一口就吞了六条小鱼，她突然抬起了脑袋，鼻子用力嗅着，“陆地，我们快到陆地了。”

马雷斯拿出地图，仔细查看起来，“不应该啊，还有好几天呢。希望不是漩涡让我们偏离了航线。”

霍华德掏出了罗盘，“不对，我们的方向没错。你能告诉我那个地方是什么样的吗？”

“周长大概是一千六百多米。”傻奇提普动了动鼻子，说道。

“周长？哦，那一定是个小岛了？”霍华德问道。他指着地图上的一个点，“我们现在在这个位置，但地图显示这儿并没有岛屿。不过，距离上次绘制航海图已经过了很多年了。”

“我想这个岛是刚形成的，”傻奇提普说，“那儿有股新鲜熔岩的气味。”

"上面有生命迹象吗？"马雷斯问道。

傻奇提普闭上眼睛，集中注意力，深深地嗅了一口，"是的，很多。但不是温血动物，他们全都是昆虫。这股气味我形容不上来。"

格雷戈尔赶忙把小靴子的救生衣系好。要知道，上次傻奇提普说不出名字时，他们差点一起淹死。一座岛屿，上面布满了未知的昆虫，听起来真不太妙。

船行驶了大约半个小时，蝙蝠们纷纷抬起头来。现在他们的雷达也能感知到岛屿的存在了。

"昆虫有多大？你说得上来吗？"格雷戈尔问道。这里不管什么都大得过分！

"不大。"阿瑞斯说，"事实上很小。"

这话让格雷戈尔感觉稍好了些。

直到欧若拉又补了一句，"大概有几百万个吧。"

"你知道它们是什么吗，潘多拉？"霍华德问道。

他的蝙蝠摇了摇头，"不知道，它们有点像我们在贝壳岛遇到的螨虫。但这里的虫子发出的声音不一样。"

"螨虫是什么？"格雷戈尔问道。

"哦，它们没有伤害性，和针尖差不多大，咬的伤口不会持续多久。"霍华德说。

"而且它们十分美味，"潘多拉补充道，"甚至蓝点都比不上它们！”

这句评论似乎引起了所有蝙蝠的兴趣。不管蓝点是什么，格雷戈尔都能感觉到——对于蝙蝠来说，它们的美味绝对远超生鱼肉。

“也许我应该飞过去摸清楚情况。要是它们真像蓝点的话，我们就能吃个饱了。”潘多拉说。

马雷斯很不愿意让她就这么走，但霍华德觉得无关紧要，“如果它们只是螨虫，会有什么事啊？”

“别去，我才不会，别去。”太普说，但没人听他的。

“为什么不去，太普？”格雷戈尔问道，“你知道它们是什么虫子吗？”

太普不知道，或者他没法把话说出来。“虫子坏。”他翻来覆去只有这么一句话。

“在那边！”卢克萨突然喊道。远方的目的地渐渐从黑暗中浮现出来。岛屿中央有一座微型火山正发着光，火山口缓慢地向外喷射着熔岩。岛上有几处熔岩流了出来，汇进了河里，碰到水时还发出“嘶嘶”的声音。这里到处生长着一种扭曲的植物，看上去颇有些热带风情。格雷戈尔观察后发现，这里并没有其他的光源。如果植物想要生长，就一定得依靠熔岩散发出来的光亮，或者它们仅仅需要热量便能顺利生长。格雷戈尔的爸爸曾告诉过他，人们发现了一种无需光源只要热量就能生长的植物。嗯，不管这些东西需要什么，看起来长势都还不错。

随后大家都听到了嗡嗡的响声。很显然，这个地方充斥着肉眼看不见的生命。格雷戈尔不喜欢这种感觉，他知道太普也不喜欢。但其他地底人对这座新岛屿却十分好奇。

“不上去看看就这么走，未免太可惜了。”霍华德说，“说不定我们还能去收集点有用的信息，帮到后来的人。”

潘多拉再也按捺不住了说：“是啊，我们至少得去看看这儿的环境是否适合休憩，这是我们的职责。要是身体比较强壮的飞行者知道有这么个地方，以后就能横渡大海了。”

大家纷纷同意潘多拉去快速侦查一下，就近看一看这个地方。于是，她敏捷地飞了过去，很快就飞到了岛屿上空。她没花多长时间就绕岛飞了一圈，用特殊的音频向蝙蝠汇报起来，其他生物的耳朵根本无法听见。

“她说那里很安全，”阿瑞斯说，“而且那些螨虫比蓝点还要美味。”

“嗯，那你也去好好填填肚子吧。”马雷斯说，“但只能两个一组离开。我可不喜欢你们集体离开小船。阿瑞斯，你现在就去和潘多拉汇合。待会儿再换欧若拉和安德罗美达去。”

格雷戈尔迅速抱起小靴子，让她看看面前的景色。地下的大海中坐落着有活火山的小岛——不是每天都能有眼福看到这个景象的。“要是上面真的很安全的话，希望到时候我们也能去看看。"格雷戈尔心想。

可事实并非如此。

阿瑞斯刚飞过去，惨剧就发生了。一片黑色的乌云从丛林里飞出来，转眼之间，便吞没了潘多拉。她甚至都没时间反应。前一秒，她还在欢快地四处飞舞，吃着螨虫；后一秒，它们就集体把她吞噬了。十秒钟不到，它们就把这只痛苦挣扎的蝙蝠吃得只剩下骨头了。她那白色的骨架在空中停了一下，转瞬间就摔进了丛林里。

一个疑惑的细小的声音从格雷戈尔耳边传来，"蝙蝠呢？"

# 16

“潘多拉！”霍华德的喊叫声里充满了恐惧，“潘……”他连滚带爬地冲到船边，刚准备跳进水里，马雷斯就一把将他拽了下来。

“放开我，马雷斯！她是我的结合啊！”霍华德哭喊道，他和马雷斯扭打起来，但马雷斯紧抓着他，不肯放手。

“她已经去了，霍华德！你帮不了她了！”马雷斯说道。

但霍华德接受不了这个现实。他从马雷斯手里挣扎出去，又冲到了船边。马雷斯用胳膊钳住他，将他用力一甩，一拳把他打得失去了知觉。霍华德向后飞去，卢克萨赶忙接住他。霍华德沉重的身体使她往后踉跄了几步，最终她才勉强接住了他。就在这时，本想飞过去帮助潘多拉的阿瑞斯一个一百八十度急转身，赶忙向大海方向玩命似的飞去。蠓虫云离他仅仅只有十几厘米远，它们升到空中，对阿瑞斯穷追不舍。尽管阿瑞斯拼尽了全力在飞，但那片乌云依然不依不饶地紧随其后。

这时的格雷戈尔终于对霍华德之前的痛苦有了切身的体会。“阿瑞斯！”他大喊道，“快啊，它们就在你身后！”他觉得无助极了。他不能跳进水里去救他的蝙蝠。这么做毫无意义，况且要真这么做，马雷斯也会把他一拳击晕的。就算他跑到阿瑞斯身边，又怎么能制止住这片食肉的蠓虫云？“快想啊，格雷戈尔！”他对自己说道，“你该做什么好？”那片云离阿瑞斯越来越近了，黑色的云边几乎已经碰到了他的尾巴，它们要吃掉阿瑞斯了！他将被这些可怕的虫子风卷残云般地吃掉，他的骨头也会掉进水里——之后——等等！有了！

“潜水，阿瑞斯！”格雷戈尔声嘶力竭地喊道，“快潜进水里！”起初，格雷戈尔并不敢确定蝙蝠有没有听见他的话。“入水啊！”他嘶吼起来。

就在蠓虫即将吞没阿瑞斯的尾巴之时，他迅速潜进了水里。格雷戈尔并不知道事情能不能按他所想的方向发展，但他觉得，这应该和那些受到蚊虫、蜜蜂叮咬的人跳进水里是一样的道理。要是阿瑞斯待在水里，它们就碰不到他了。不过，这方法似乎收效有限，毕竟阿瑞斯过不了多久就要出水透气。但事实证明，格雷戈尔想得没错。就在那时，鱼——多么美妙的鱼——跃出了水面，美美地吃起螨虫来。那片云迅速分开，开始攻击鱼群。等阿瑞斯出来换气时，虫子们已经完全把他忘了，正忙着和新敌人——同时也是新的美味——作战。

“飞行者！绳索！”马雷斯下令道。欧若拉和安德罗美达立马抓住了船体前侧的绳索，拖着船在水上航行起来。阿瑞斯赶了过来，抓起船尾的绳子。他们迅速将这个岛屿抛在身后。马雷斯让蝙蝠们抓着这条船航行了好几公里，才允许他们松开爪子，重新落回水面。

阿瑞斯没有立刻飞上船与他们汇合，而是将尾巴泡在水里。他一遍遍地跳进海浪里，大概过了二十分钟，他才浑身湿漉漉地飞了回来，身体不停地颤抖着，看样子已经筋疲力尽了。“虫子太多了。”他解释道，“有些都跑到我身上了，还不断咬我。但我想现在它们应该已经被我淹死了。”

“你没事吧？”格雷戈尔一边问，一边笨拙地拍了拍他。

“是的，我没事。”阿瑞斯说，“我身上只受了些小伤。不像……”说到这儿，他连忙打住了。大家都知道他指的是什么。

格雷戈尔用毛巾擦拭着阿瑞斯。卢克萨帮他一起清理阿瑞斯那身黑色的皮毛，她检查得非常仔细，里里外外地认真翻看着，将药水涂在每一处伤口上。他们发现他受了不少伤，阿瑞斯说得没错，虫子最后都淹死在水里了。

“地上人，你让我潜水的这个主意真棒。”阿瑞斯说。

“是的，让鱼来对付螨虫，这招很聪明。”卢克萨说。

“嗯，其实我还没想到那么深远的地步。”格雷戈尔坦白地说，“不过幸好它起作用了。”

当他们给阿瑞斯处理好伤口后，欧若拉和安德罗美达挤了过来，三只蝙蝠靠在一起睡着了。安德罗美达不再躲避阿瑞斯了，格雷戈尔很高兴——也许是她意识到欧若拉最后会选择阿瑞斯，这样她就落单了。不管出于什么原因，格雷戈尔都替阿瑞斯高兴，他终于不再孤单了。

马雷斯正全力控制着船舵，格雷戈尔和卢克萨则尽全力照顾着昏迷的霍华德。他们给他弄了个睡觉的地方，给他盖好毯子，轮流给他肿胀的下颚更换冷布。

“你觉得我们该试着把他弄醒吗？”格雷戈尔问道。

卢克萨摇了摇头，“不用，他有的是时间来哀悼她，不急这一刻。”

那天，大家都很安静。蝙蝠们断断续续地睡着觉，傻奇提普目不转睛地注视远方，马雷斯认真地掌控着船舵，小靴子拉着太普开心地玩着游戏，萤火虫们待在船头窃窃私语，他俩居然没有丝毫抱怨。

格雷戈尔和卢克萨并排而坐，看着小靴子和太普。他们沉默了许久。格雷戈尔的脑海里不时浮现潘多拉丧命的惨象，他试着拼命抹去，却收效甚微。

最后，卢克萨好像忍不住了，先开口打破了沉默，“跟我说说地上的事吧，地上人。”

“行啊，”格雷戈尔说，“你想知道什么？”此刻，他也急需分散一下注意力。

“哦，什么都行。告诉我……那里的人的生活是怎么样的？”她问道。

“嗯，根据人身份的不同，人的生活也非常不同。”格雷戈尔说。

“那就跟我说说你一天的生活。”卢克萨说。

于是，格雷戈尔开始回忆起在地上的生活来。在他的脑海里，依然清晰地记得他在地上世界最后一天发生的事，讲述便从这里开始了。他告诉卢克萨，因为那天是星期六，所以他不用上学。他像往常休息时一样去科尔马奇夫人家帮忙，为她做了一道美味的山芋干贝，他还给莉兹买了一本满是谜题的书，随后还带小靴子去了滑雪场。他没有说他家缺衣少食、爸爸卧病在床的事——身边已经发生太多不幸了，说这些只会让他更加焦虑。他的叙述主要集中在生活中美好的一面。

卢克萨静静聆听，只是在他使用了她不熟悉的词的时候，她才提问求解。当他说完后，她若有所思地坐了好几分钟，接着说道：“我真希望自己也能看见雪。”

“有机会的话你应该上来看看。”格雷戈尔说。听到这话，卢克萨笑了。格雷戈尔连忙解释,“我是说真的,你真应该来待一天,几个小时也行。我住的地方真的很酷。那里不是什么宫殿,但纽约城有自己独特的魅力。”

“你认为地上人不会觉得我长得奇怪吗?”卢克萨问道。

这倒是个问题。半透明的皮肤,紫色的眼睛……“我们给你换身长袖衣服,戴顶帽子,再加副墨镜。”格雷戈尔说道,“你的外形就比上面一半的人都正常了。”突然他对这个想法感到异常激动,“我们还可以在天黑的时候出去,这样太阳就不会弄瞎你的眼睛。就算只在我家附近逛街,吃片披萨,你都会兴高采烈。与地下王国相比,到时候一切都会显得新奇。”

两人畅想着在纽约玩耍的样子,恨不得马上便去感受一番。但他们的快乐只持续了一分多钟。

接着卢克萨叹了口气,又做了那个动作——推了推头上的皇冠,“不过议会绝对不会同意我去的。”

“哦,是啊,他们会挡你的路。”格雷戈尔说。

卢克萨看着格雷戈尔笑了,刚准备说话,霍华德呻吟了起来。

“潘多拉?”他说。霍华德迅速坐了起来,他必须抓住太普,才能稳住自己。他的眼睛扫视着周围,最后落在了三只挤成一团的蝙蝠身上。接着他又抬头看了看天,就好像潘多拉正飞在空中,刚才那一幕都是发生在梦里一样。但无疑,她不在那儿。

“潘多拉呢？”他问道。手摸了摸青肿的下巴，扭头看着马雷斯。

“你救不了他的，霍华德。我们没人能做得到。”马雷斯轻缓地说。

直到这时，潘多拉的死讯才如泰山压顶般向霍华德袭来。他将脸深深埋进手中，低声抽泣起来，令人心碎。

小靴子走了过去，拍着霍华德的后颈，“没事的，你没事的，你会好起来的，宝宝。”她安慰地说道。每回她心情一不好，别人就会这么对待她。她的关爱之举让霍华德哭得更厉害了。小靴子看着他哥哥，无奈地说：“格——格，他哭。”

格雷戈尔知道小靴子想帮忙，让霍华德好起来。

卢克萨站了起来，看上去脸色比平时还要苍白。出人意料的是，她走到表哥身边，坐了下来，用手抱着他，把前额贴在他的肩膀上，说道：“她会永远和你一起飞翔，你知道的，她永远都会和你一起高飞。”

霍华德把脸埋进卢克萨的膝盖，她把自己的脸贴在他头上。过了好久，他俩才停止哭泣。

# 17

格雷戈尔把自己那一份少得可怜的面包和肉都给了小靴子，这次他的晚饭完全由生鱼肉组成。太普、霍华德和阿瑞斯也把自己的那份都给了她，这下小靴子满意了。“我们闭眼睛吗？”她打了一个大大的哈欠说道。

“是的，咱们闭眼睛，小靴子。”格雷戈尔说。听到这句话，小靴子便舒服地躺在地板上，靠着他睡着了。

除了下巴处那块淤青，此时霍华德的脸苍白得如同鬼魅一般，他坚持由自己掌舵，好让马雷斯休息一会儿。扎普亮灯，太普则和他一起值班。

就在大家都准备睡觉的时候，傻奇提普开口了，“我们离目的地越来越近了，我已经能闻到前面的老鼠味儿了。”

"那些蛇怎么样了？"马雷斯问道，"它们还在休眠吗？"

"是的，但过不了多久它们就要出水了。这些家伙可都很致命。"傻奇提普说。

格雷戈尔真不希望自己在临睡前还听到这样一番谈话。老鼠……蛇……致命……他的大脑已经被那些可怕的词占满了，比如愤怒者……杀戮……灾星。他没法让自己的思绪平静下来，一直断断续续地打着盹，难以安心入眠。因此当太普发起警报时，他也是第一个醒来的。

"走了，发光者，走了！"他粗着嗓子喊道。

格雷戈尔坐了起来，睁开眼睛，周围一片漆黑，什么都看不见。他听到霍华德在身后不停摸索的声音，嘴里还在愤愤不平地念叨着："背信弃义，这些卑鄙的东西！"

格雷戈尔打开手电筒，光线中，大家群情激奋。

"怎么了？发生什么了？"马雷斯跳了起来。

"发光者抛弃了我们！"霍华德说。他点燃了一支火把。

"抛弃？他们应该一直跟着我们的啊！"马雷斯说。

"凭什么？凭他们的荣誉感？他们才不懂这个。合约？在他们看来也一钱不值！发光者只用他们的胃思考，一旦我们没法满足他们的胃，就一定会弃我们而去！"霍华德说。

"可他们能去哪儿呢？"格雷戈尔问。萤火虫已经和他们在一起好久了，要飞回去也不现实。

“他们去老鼠那儿了。”傻奇提普波澜不惊地说，“他们会把我们的行踪告诉老鼠，以此交换食物和安全回家的通道。”她看了一圈周围人错愕的脸，继续说道，“但所幸的是，我们不用继续听他们的抱怨了。”

大家都震惊得哑口无言，而现在傻奇提普居然说了个笑话！过了一会儿，所有船员——人、蝙蝠、蟑螂、老鼠，都哈哈大笑起来。要是他们之间能达成什么共识的话，那一定建立在讨厌萤火虫的基础上。

“是啊，”卢克萨表示同意，“他们走了真是我们的福气。”她和傻奇提普看着彼此，说：“你没能吃掉他们真是太可惜了。”

“哦，发光者很不好吃。”傻奇提普说道，“我威胁他们就是想让他们闭嘴而已。”

“嗯，没人会想他们的，但他们走了，我们的麻烦就多了。”马雷斯说，“燃料情况怎么样，霍华德？”霍华德摇了摇头，“不容乐观，大部分燃料都在另一条船上。我们能撑到拉比瑞斯，但之后估计就剩不了几个小时的光了。”

光……生命……这两个词对这里的人来说，都是同一个意思。

“我有生命……我是说，光！我也有光！”格雷戈尔说。

“你身上还有更重要的任务，地上人。”霍华德说，“你一定要保存好你的光。”

“嗯，我会保存一部分的。但我要把它们分给大家，等等！”格雷戈尔将包里的东西都倒了出来。里面有四支手电筒，再加上睡觉时放在枕头边的那支，以及科尔马奇夫人送给他的迷你手电筒，一共就有了六支手电筒，另外他还有很多能量充足的电池。自萤火虫加入旅程后，他就一直很节约使用电源，还有那卷胶带。

“嘿，卢克萨，把你的那只胳膊伸过来！不是拿剑的那只！”他说道。格雷戈尔把手电筒放在她的前臂上，这样光线就能从她的手背上射出来，紧接着他用胶带在上面缠了一圈又一圈，将手电筒固定在她的衣袖上，然后把开关露在了外面。“像这样做，你既不用一直握它，也不用怕把它弄丢了。”卢克萨打开开关，朝四周照了照，“哦，是的，格雷戈尔，这样正好！”

然后，格雷戈尔给霍华德和马雷斯分别缠好手电筒，最后才轮到自己。由于另一条胳膊上乌贼留下的伤还没完全好，因此他不得不缠将电筒缠在了拿剑的那只手臂上。

突然响起一阵吵闹，一只小手举了起来，拍拍格雷戈尔的肚子，“我也要！格——格！小靴子也要光！”

“对不起，小靴子，我没手电筒了。哦，等等。”他灵光一现，拿出了那只迷你手电筒，把它固定在小靴子的衣袖上。

小靴子满意极了，跑到蟑螂面前，“小靴子也有光了，太普！”

“好了，现在你必须把它关掉。节约点用，好吗？”格雷戈尔说着，关掉了小靴子手电筒上的开关。他这番话是讲给小靴子听的，一直好奇地玩着手电筒的地底人听罢，也满怀负罪感似的关掉了手电筒。格雷戈尔笑了，他看得出来，大家都觉得手电筒很酷。

他现在只剩下六块备用电池了。地底人坚持让他随身带着电池，他也没有和他们争执太多。霍华德说得没错，格雷戈尔要负责杀死灾星，在黑暗中可没法执行这项任务——回声定位法目前还不太可靠。

就在格雷戈尔准备关掉自己的手电筒时，有个东西抓住了他的视线。好几天来，他们一直航行在空旷浩瀚的海洋上，除了上次那座可怕的小岛外，再没见过其他的土地。而现在，他却在两侧发现了好几堵高高的石头墙。他们现在一定进入了和水渠相似的水域。

傻奇提普的鼻子疯狂地抽动起来，“再过一分钟我们就到了。福托闪闪和扎普的任务也都完成了，老鼠正等着我们。”

“你能闻出来有多少个吗？”卢克萨随即问道。

“四十七。”傻奇提普毫不停顿地说，“他们在大杯口上面等着我们。”

“大杯口是什么？”格雷戈尔问道。

“这是一种巨大的圆形通道,很深,一半都浸在水里。蛇就睡在水的底层。”

“那这种蛇和鱼有点像吗?”格雷戈尔问道。

“不，它们也会呼吸空气，但通常会在水底睡上很长时间。”霍华德说。

格雷戈尔想起了鳄鱼,它们也能在水底睡上很久。他希望即将遇到的生物不会是什么巨大的鳄鱼——普通大小的就够吓人的了。

“我闻到了!”傻奇提普说。她用后腿站了起来,将前腿靠在船身上,“我能闻到灾星的气味!”

听到这话之前，格雷戈尔还寄希望于他们把这件事搞错了。也许灾星只是一个传说,一个故事,老鼠们正好利用了这个故事,煽风点火地传起了流言。但要是傻奇提普能闻到灾星的气味……

“你确定吗?”格雷戈尔问道,“我是说,你怎么知道那就一定是灾星,而不是别的老鼠?”

“我闻出了白色。”傻奇提普说,“不过出现时间很短,时不时地显现一下。那气味藏在拉比瑞斯深处,和我们隔着许多层石墙,但他一定就在里面。”

格雷戈尔有点迫不及待了，在只有一米大小的空间里踱来踱去,“好了,咱们的计划是什么?我们到了大杯子上面以后又要做什么？”

“是大杯口。”霍华德纠正道，“大杯口上面有好几个进入拉比瑞斯的通道。我们本来的计划是秘密潜入其中一个通道，顺着灾星的气味一路追踪过去，但谁想到发光者最后居然会背叛我们！”

“A计划就是这样的，那B计划是什么？”格雷戈尔问道，“得了吧，快说，所有人都会安排个B计划的！”

“说句公道话，地上人，要让议会想出一个能把我们带到这个地方来的计划已经够不容易了。”马雷斯说，“在地下王国，要是一个计划破产，我们通常只有两个选择：战斗，或是逃跑。”

“逃跑？”前面是布满了老鼠的地道，身后是茫茫大海，除了那个布满食肉昆虫的小岛，没有一寸土地。“我们连逃都没地方逃！”格雷戈尔说。

“这样一来，我们的决定就简单多了。”霍华德说。他将剑分发给大家。

“傻奇提普，从哪个入口进去生存的几率会大些？”马雷斯问道。

“在离这儿很远的大杯口的尽头，正靠着水线的地方。那儿已经多年没有老鼠的踪迹了。我猜测，可能是老鼠们已经忘记了那个地方，也有可能是那里暗藏着让老鼠闻风丧胆的危险，但我暂时还闻不出来里面有什么。”傻奇提普说道。

“你能带我们进入大杯口吗？”马雷斯问道。

“我们已经在里面了。”傻奇提普说。格雷戈尔率先打开了手电筒，大家也纷纷照着他的样子去做。他们发现，他们的船似乎正漂浮在一个巨大的圆形水池上，水面很平滑，像一面完好的镜子。这里没有岸，水流一直往前延伸进了石壁里。很多地道就零散分布在石壁之上，有的看上去几乎完全被水线遮蔽了，还有的入口则位于高出水面好几十米的地方。格雷戈尔发现，好多地道入口都有大老鼠负责把守。

双方都没有动静。既没有老鼠们的，也没有来访者的。恐怖的寂静包围着他们。突然，上方传来一声轻微的抓挠声。

砰！有东西直接落在了他们的右侧，溅起一股如喷泉般的水花。砰！砰！老鼠们正从地道里往外推石头，越来越多的巨石落在了他们身边，速度越来越快。

“嗯，这招很不管用啊。这些石头都没法靠近我们。”格雷戈尔说。他说得没错，那些落下的巨石离他们至少还有一千多米远。老鼠们正在发起无效的攻击，这让他感觉好了很多。

砰！砰！砰！砰！砰！

卢克萨皱起了眉头，“有什么地方不太对劲。”

马雷斯点点头，“是的，噬咬者这种攻击方式看上去似乎在浪费精力。”

突然，霍华德仿佛明白了什么，睁大眼睛，疯狂地挥舞着手臂，“快让船升起来！飞行者！快把船抓起来！”

傻奇提普也几乎同时跳了起来，“它们醒了！它们醒了！快飞啊！”

格雷戈尔终于明白了。老鼠们并不是想用石头把船弄沉，而是想把大蛇唤醒！欧若拉和安德罗美达飞到船的前端，抓牢绳索，阿瑞斯则抓起了船尾的两条绳子。他们一起努力，将船抬离了水面，上升的时候船还在不停地打转。

“我们该往哪儿飞？”三只蝙蝠齐齐问道。

“傻奇提普，你说的那个通道在哪儿？”马雷斯问道。

“船慢点儿转，我就告诉你！”傻奇提普嚷道。她向和他们来时相反的方向指了过去，那儿有一个地道口，“在那儿！去那个弧形入口！”

格雷戈尔打着手电筒照了过去。那个入口看上去接近两米宽，可以径直跳进去，“但入口有一半在水里！里面有地面吗？”

“赶快过去，听着，现在不是挑剔的时候。”傻奇提普厉声说道，“蛇都很……”梆！有个东西打中了船舷，一块木板没了。船被撞到了一边，蝙蝠们差点就没撑住。

刚开始，格雷戈尔还以为船被老鼠扔下的石块击中了，接着他看清楚了。“哦！”他倒吸了一口凉气，“哦，上帝啊！”

“看来恐龙还没有完全灭绝啊！”但旋即便推翻了这个结论。恐龙可以在地面行走，但眼前这个和恐龙一样古老的生物，居然能用脚蹼在水中游动，俨然已经变成了某种水生爬行动物，不仅如此，它还和格雷戈尔在纽约博物馆看过的最大的恐龙化石一样大。面前这个家伙的身子呈扁平的椭圆形，那形同长鞭一样的尾巴不断抽打着水面，在平静的湖面上掀起一阵阵巨浪。它的脖子看上去至少有九米长，脖子顶端是一段长着鳞片、凹凸不平的粉色玩意——那是它呈子弹状的头。它的头上有两处凹陷，看样子应该是先前长眼睛的地方，但随着漫长的生物进化，它的双眼显然已经退化了。在这样的地方生活谁需要眼睛啊！它的嘴巴大张着，发出了一阵低沉的嚎叫，这声音让格雷戈尔浑身发冷，甚至都冷到骨子！借助着手电筒的灯光，格雷戈尔发现它长有三排、数以万计的牙齿！嘎吱！船上又有一块木板不见了！

“弃船！”马雷斯闷着嗓子大喊道。

他这时候居然还能说出一句清晰的话来！格雷戈尔对此感到异常惊讶。他一把抓起小靴子和自己的背包，东倒西歪地往阿瑞斯那边跑。

“数到三，大家一起跳！”马雷斯吼道。

格雷戈尔意识到他的意思是让大家“从船边跳下去”，这是唯一一个能让蝙蝠接住所有船员的方法。他又跌跌撞撞地跑到了船边。

“一,二,三!”格雷戈尔的双腿不由自主地跳到了船外,船没了,但阿瑞斯迅速飞到了他们下方。船落进水里,打着转转。阿瑞斯接住了他们,太普就落在他们身后。可怜的蟑螂正像一片叶子一样颤抖个不停——谁又不是呢?太普用头推了推格雷戈尔的背,他扭过头去,发现蟑螂嘴里正叼着自己的剑。

“哦,老天啊,多谢了,太普!”格雷戈尔立马用未受伤的手抓住剑柄。他刚才都没想到要把剑带上,真是愚蠢至极。

所有的手电筒都被开到了强光档，这样很好——就在刚才,那支仅剩的火把也掉进了水里,“嘶”的一声被水掐灭了。一场史前梦魇正逐步在他们面前展开。六条巨蛇浮出了湖面,格雷戈尔的直觉告诉他,还有更多的巨蛇在等着他们。它们晃着脑袋，尾巴也在空中甩个不停，将能碰到的东西都打了下来。它们没有眼睛，格雷戈尔猜测它们肯定有其他的导向方法,或许它们也会回声定位法。

和它们战斗必死无疑。格雷戈尔现在只能紧紧趴在阿瑞斯的背上,而阿瑞斯则疯狂地躲避着巨蛇脑袋和尾巴的攻击。他瞥了一眼四周，发现马雷斯和霍华德正骑在安德罗美达的背上,卢克萨则和欧若拉在一起……等等!傻奇提普呢?格雷戈尔听见一声尖叫,他赶紧循声望去,发现一条巨蛇咬住了傻奇提普的尾巴,她正无助地被吊在空中。

“赶快去啊，阿瑞斯！”他喊道。蝙蝠随后径直向老鼠飞去。格雷戈尔刚举起剑准备发动攻击，阿瑞斯的侧面就被一条尾巴给击中了，他们一行人都被甩了出去。小靴子从格雷戈尔的怀里飞了出去。“小靴子！不！”他尖叫道，“阿瑞斯！去救小靴子！”但阿瑞斯先飞过去接住了他。

“卢克萨接住她了！”阿瑞斯赶在格雷戈尔情绪失控前大喊道，“卢克萨接住了她和太普！”

“进隧道！”安德罗美达从他们身边飞了过去，霍华德冲着格雷戈尔大喊道，“隧道！”他在蝙蝠背上坐得直直的，努力扶着不省人事、浑身是血的马雷斯。

半米多高的浪在湖面上此起彼伏，狠狠地砸在岩壁上。那些来不及钻进各自隧道的老鼠，纷纷落入巨蛇嘴中，绝望地哭喊着。蛇尾拍打着湖面，空气里密布被溅起的水滴。

格雷戈尔感觉到阿瑞斯在往下俯冲。他们冲进了浪里，格雷戈尔在水里浸了好一会儿。当他们从水面钻出去后，他头晕目眩，咳嗽个不停。他发现蝙蝠似乎在和什么颇有分量的东西作着斗争。他们再次升到了空中，阿瑞斯左冲右突，躲避着无数张一开一合咬得啪啪作响的大嘴。紧接着，蝙蝠贴着水面，向一面石墙疾速飞了过去。随后，他们进入了一条隧道。

到了隧道里面，阿瑞斯一下子瘫软在地上。格雷戈尔从他背上滚下来，砰的一声栽在了地上。隧道里有光线。霍华德正坐在地上，忙着照顾马雷斯，安德罗美达在他们上面不安地飞着。马雷斯的一条裤腿上浸满了血。格雷戈尔在他前面看见了一团抖个不停的毛球——是傻奇提普。看样子她像是撞到了什么地方，鲜血从鼻孔里不断滴落，残留的尾巴上也有鲜血在往外冒。

有声响出现在了隧道口。格雷戈尔打着手电筒看过去，希望是欧若拉带着卢克萨、小靴子和太普进来了。

但他的希望落空了，他看到洞口三排白森森的利齿正对着他们。

# 18

太普为他抢救出来的那把剑仍握在手上。就在那张大嘴准备咬向傻奇提普时，格雷戈尔一个箭步冲上去，径直将剑刺向了大蛇的舌头。大量液体随即从大蛇受伤的舌头处喷涌而出，飞溅在了格雷戈尔的脸上。格雷戈尔踉跄着后退了几步，踩在傻奇提普的血上滑倒了。他四脚朝天地摔了下去，正好倒在了老鼠身上。

那怪物暴跳如雷，又再次冲了过来，把头狠狠砸向洞顶。岩石雨点般落在他们身上。格雷戈尔顿时感到怪蛇原始的咆哮席卷过全身。它继续愤怒地把头当做武器，不管不顾地四处乱撞着，最后从洞口退了出去，那把剑还插在它的舌头上。

还会有更多的蛇头进来吗？

“我还需要一把剑！”格雷戈尔喊道，霍华德应声扔了一把给他。他弓着身子，站在傻奇提普前面，感觉各种感官都变得敏锐起来。他觉得自己已经快变成愤怒者了。他与另一个自己做着斗争，避免再次丧失自我，等待着下一轮的袭击。但什么都没出现。也许大蛇们已经把话传开了：只要脑袋一进这条隧道，舌头就会完蛋。抑或是它们找到了更有趣的猎物。不管是什么，隧道里渐渐安静了下来。咆哮声越来越少，水浪四溅的声音也消失了。

格雷戈尔松开双手，转过身去。阿瑞斯就在他身后，做着他的后盾。傻奇提普两个爪子捂着鼻子，想要去止血。霍华德正按压着马雷斯的胸口，试图让他的心脏重新跳动起来。

“马雷斯！”格雷戈尔跑到那躺在地上的英勇战士身边，“加油啊，马雷斯！”

霍华德继续摁压着，耳朵搁在马雷斯的胸口。“他又有心跳了！你的包里有什么，地上人？”

格雷戈尔把包里的东西统统倒了出来。里面装着最后几块电池、胶带卷、两条糖果，还有几块以备小靴子不时之需的布。霍华德扯开马雷斯那条浸满了血的裤腿，参差不齐的可怕伤口立刻显露出来。“在我们去帮傻奇提普的时候，一条大蛇咬到了他。”他将三块兜布盖在伤口上，“按好。”他告诉格雷戈尔。接着，他用胶带纸在马雷斯的腿上缠了几圈，以保证包扎用的兜布不会脱落。最后，霍华德一屁股坐在自己脚后跟上，摇了摇头，“要想让他活命，就必须把他带回家去。让他身体暖和起来，安德罗美达，我要去照顾下老鼠。”

安德罗美达躺在马雷斯身边，张开翅膀，包住了他，“我一定要带他回家，我一定要带他回家。”

霍华德拿起最后两块兜布，走到傻奇提普身边。他用其中的一块将她残余的尾巴包扎好，“对不起，我当时必须切掉你的尾巴。”他对老鼠说，“要不没办法把你救出来。”

“要是可以的话，我会自己把尾巴咬断的。”傻奇提普说。

霍华德将另一块兜布压在她的鼻子上，也裹了几圈胶带。“在伤口恢复前，你都要用嘴巴来呼吸了。”老鼠点点头。

“你鼻子怎么了？”格雷戈尔问道。

“就在霍华德斩断我尾巴之前，一条大蛇用它的尾巴打中了我。”傻奇提普说，“现在我什么都闻不到了。”

“你闻不到了？”格雷戈尔急了。这样傻奇提普就闻不出来灾星在哪儿了，但还有比这更重要的，“那就是说你闻不出来我妹妹在哪儿了？”

“别担心，地上人。我表妹和欧若拉是一对绝佳组合。我敢肯定，他们已经撤进一条隧道里躲了起来。”霍华德说道。但他看起来也很不安。

“我觉得他们本来是要这么做的。”傻奇提普躲避着格雷戈尔凝视的目光说道。

格雷戈尔觉得时间都停止了,“你觉得他们本来要这么做?”

傻奇提普犹豫了一下,“发生的一切都让我疑惑。大蛇把我甩来甩去，周围发生了太多事情，我很难捕捉到准确的气味。”

“卢克萨和欧若拉接住了小靴子,他们也接住了太普。欧若拉是这么告诉我的。”阿瑞斯说。

“是的,没错。我知道他们的气味一直在一起,但后来……但是……我们中间就隔了一层水。”傻奇提普说。

“那是什么意思?什么叫隔了一层水?”格雷戈尔说。

“意思是……我还能闻到他们的气味,但我们中间多了一层水,水有好几米深,他们的气味也越来越微弱。就在那时大蛇打中了我的鼻子,我就什么都闻不到了。”傻奇提普说。

“你觉得……他们全都被拽到了水里?”霍华德说。

“我不敢确定,但要我猜,一定要我下个结论,我也会这么想。”傻奇提普说。她抬头看了看格雷戈尔,“对不起,地上人。”

“不可能的。我来喊一下,我现在就来喊一下欧若拉!”阿瑞斯说着就冲出了隧道。

他走的时候没人拦着他。格雷戈尔的身体渐渐冷成了一块冰,一阵麻木的感觉一直从脚跟蔓延到了腿上,再到臀部、腹部。等阿瑞斯回来,停到他身边后,那种无以言状的麻木感已经传到了他的胸腔。

"没有回答。"蝙蝠说。

格雷戈尔心灰意冷了。

小家伙离世,他心将死,

最重要的部分也会最终逝去。

它们杀死了小靴子,局面再糟糕不过了。他想象着自己回到纽约,走到家门口……只有他一个人。

"你想做什么,格雷戈尔?"不知道过了多久,霍华德问道。

小家伙离世,他心将死,

最重要的部分也会最终逝去。

此刻的和平将一起消逝。

噬咬者将掌握重获权力的钥匙。

他们一定在什么地方忙着庆祝,那些噬咬者!他们一定咬着一口破牙,在放肆地哈哈大笑,庆祝自己又一个计划得逞了。他们成功地杀死了格雷戈尔的宝贝妹妹,弄得他溃不成军。

讽刺的是,这么长时间过去了,格雷戈尔第一次明白了自己的使命。

“格雷戈尔？”霍华德追问道。

那阵寒意落到了格雷戈尔的喉咙里，他的声音变得冷静而镇定，“我希望如果可以的话，你们都快回家，带马雷斯回去，傻奇提普也回去。”

“那你要做什么，地上人？”傻奇提普问道。格雷戈尔觉得身体残存的最后一点温暖从前额划过，升到了头顶，消失不见了。现在他没有任何把柄了，也没有任何可以担心害怕的了。

“我？”格雷戈尔说，“我要去取灾星的命。”

# 第三部分

# 迷宫

# 19

“你别一个人逞英雄。”霍华德摇着头说道。

“不，我自己可以搞定。”格雷戈尔说，“告诉他们原因吧，傻奇提普。”

傻奇提普挑起一条眉毛，看着格雷戈尔，想看看他是不是来真的。格雷戈尔点点头。

“好吧，那我就说了。”她说，“他也许有些机会，毕竟他是个愤怒者。”

这话令在场的每个人都大吃一惊。阿瑞斯和安德罗美达惊慌地拍打起了翅膀。霍华德则惊讶地张大了嘴巴。“愤怒者？”他说，“你怎么知道的？”

“所有愤怒者在作战时，身体都会散发出一股特殊气味。”

傻奇提普说，“虽然这种气味很淡，甚至连我也觉得十分微弱，但我还是能分辨出来。我在第一次见到地上人时，就闻到了这股气味。但后来我还以为，是我把他和瑞普瑞德的味道搞混了，毕竟瑞普瑞德当时也正在战斗。”

“那天我打中了所有的血球。”格雷戈尔说，“那是我第一次产生那种奇怪的感觉。”

“是的，后来等到乌贼来袭击我们的时候，我就能确定了。”傻奇提普说，“几天后，我告诉他他是个愤怒者，但连他自己也不肯承认这件事。”

傻奇提普停下话头，格雷戈尔感觉到所有人都在打量他。“因为我不希望这是真的。不过我的希望并不重要。我不明白那是什么力量，每当我战斗时，这种感觉就会出现，那感觉很怪很怪。要是傻奇提普觉得她在我身上闻到了愤怒者的气息，那她应该就没判断错。”

“好吧，就算是真的，格雷戈尔，就算你是愤怒者，这也不意味着你不会死，也不意味着你就能安然无恙地独自进出满是老鼠的迷宫。”霍华德说。

“他不会是一个人。”阿瑞斯说，“我会和他在一起的。”

“我可以尽量给他在迷宫里带路。”傻奇提普说，“在我的鼻子失灵前，我闻到了一丝白色皮毛的气味。就算我不能带他去见灾星，我也能尽可能缩短他们之间的距离。”

“安德罗美达和我也来。”霍华德说。

“我不接受你们的提议。”格雷戈尔说。

“什么？”霍华德惊讶地说。

“我不想让你也进迷宫，霍华德。我希望你能带马雷斯回去，告诉大家都发生了什么，必须有人做这个工作。要是我没法回来，我需要你把我的消息告诉我家人。”格雷戈尔说。

“但是这次任务不是由你来负责。”霍华德说，“我直接听命于王之城。”

“那好吧，要是你执意要跟我来，我就不得不向你宣战了。”格雷戈尔说。

“你要是和一个骑在蝙蝠背上的愤怒者过招，你连一丝赢的机会都不会有。”阿瑞斯说。

“特别是还有只老鼠和他们站在一起。”傻奇提普也帮腔道。

霍华德有些犹疑了，“我说不定能抓住那一线机会！更何况安德罗美达也会帮我！”

“请你不要这样，霍华德，请你回去吧。我不想让爸爸妈妈在家里空等着我和小靴子。而且要是我们不出现，他们过来找我们也是迟早的事。”格雷戈尔说，“王之城的人们也必须了解到这里的消息，他们需要知道卢克萨的事。他们现在一定需要找到一名新的女王或是国王，不是吗？不管卢克萨说了什么，尼莉莎显然应付不了现状。那么王位就传到了维库斯手上，之后是你的妈妈，要是你也死了，那就轮到……”

“丝黛拉维特。哦，我把这茬给忘了。”霍华德说。

“你准备让她来掌管王之城吗？”格雷戈尔问。

“不，我不会的，我……”霍华德的手心在前额上擦了擦。失去了潘多拉和卢克萨，直至此刻他才发现自己身上还肩负着一个王国的重任——他显然有些猝不及防，“我不知道该做什么，安德罗美达，你是怎么想的？”

“我不会和地上人战斗的，我不想做任何会伤害他的事。我要把马雷斯带回家。”安德罗美达说，“你也应该和我一起走。”

“哦……”霍华德似乎不再想反抗了，“我一个人也斗不过你们这么多人。”他说完低垂着头，坐了一会儿。接着又摇了摇头，努力让自己的心思重新回到正事上，“好了，为了救马雷斯的命，我们必须抓紧每分每秒。但安德罗美达若是中途不休息，是不可能带着我们安全回去的。”

这话倒是不假，大家都思考起来。阿瑞斯打破了沉默，“大杯口上还有些船的残骸，虽然不大，但还能飘在水上。”

“也许我们可以用它们做成一条救生船。”格雷戈尔说。

“救生船？那是什么？”霍华德问道。

“在地上，大船、游轮之类的，船身上都会挂着几只救生船。船都不大，要是碰到主船快沉了，或是遇上什么危险，人们就会乘救生船逃命。”格雷戈尔说。

“要是船轻到可以随身携带的话,我就可以每隔几小时休息一次,我想我能做到。”安德罗美达说。

阿瑞斯自告奋勇要去搜寻船的残骸。

“我和你一起去。”格雷戈尔说。他有些话想对自己的蝙蝠说，但一直等到他们飞到了大杯口的上空才开口,“你不需要这么做的,阿瑞斯。我可以一个人去追踪灾星。”

“不,我们一起去。”阿瑞斯说道,“况且噬咬者们已经毁掉了所有我返回王之城的理由。要是奇迹发生,我们都能活下来的话,等你回家后,我将永远面对沉默。”

蝙蝠说得没错。卢克萨和欧若拉都去了,阿瑞斯在王之城再也没有朋友了。他的余生说不定都会在他的秘密洞穴里度过,没人在乎他。到时候,格雷戈尔将带着一颗已经死掉的心回家,阿瑞斯的结局也将和流放差不多。

“好。”格雷戈尔说,“我们一起去。”他总有种感觉,他们再也不会像现在这样聊天了，再也不会提起一方丢下另一方只身入险的事。他都没对阿瑞斯说声谢谢,不知怎么的,他们的关系已经逾越了要和对方说客套话的阶段，格雷戈尔甚至觉得向阿瑞斯道谢就像对自己道谢一样。在他看来,这趟旅程充满了艰险:乌贼、漩涡、螨虫、大蛇,还有损失,巨大的损失,这一切艰险改变了他们。让他们在王之城喧嚣的民众前说的誓言演变成了现实。他想起了当时的情景，记起了阿瑞斯的爪子握住他的手的感觉，而卢克萨则在后面催促他说出那些神圣的誓词。

“飞行者阿瑞斯，我与你结合，

我们生死同命，如若一体。

不论身处黑暗、火焰、战争、冲突，

我们都将拯救对方于水火。”

阿瑞斯就是他的蝙蝠，格雷戈尔就是阿瑞斯的人类朋友。他们现在成了真正意义上的结合。

如果说此刻有什么振奋人心的消息的话，那就是他们俩的收获还算不错。阿瑞斯发现了三块船体的残片，霍华德则用最后几条胶带，勉强将它们做成了一只小木筏，估计没人愿意乘着它在水路上漂浮。不过他们下水测试了一下木筏，惊喜地发现，它能承受得住格雷戈尔、阿瑞斯和霍华德的体重。

“飞几小时，再在它上面休息一会儿就应该差不多了。”霍华德说，“它足以让安德罗美达睡上一小觉的了。”

令人欣慰的是，他们还打捞回了和船体的残骸同样重要的东西——两个背包。他们趁着浪头高的时候，在隧道里把包裹清洗了一番。第一个包里有些食物，第二个包里的东西更是让霍华德极大地松了一口气——里面装着他的急救包。

“哦，这个！这包就和光一样重要！”他欣喜地说道。他立马打开包裹，给大家处理起伤口来。他给马雷斯和傻奇提普的伤口换了绷带，在上面敷了些药，又重新包扎了一下格雷戈尔的胳膊——他的伤情居然有了不小的改善——最后在阿瑞斯被螨虫留下的伤口上涂了些药膏。

霍华德坚持让格雷戈尔把剩下的食物带走，反正马雷斯吃不了东西，而他和安德罗美达可以吃生鱼肉。“谁知道你们在拉比瑞斯能找到什么呢？还是带上吧。”

格雷戈尔拿过马雷斯的剑，而霍华德依旧在用他自己的那把。最后，他们又重新分配了手电筒。现在他们手头只剩下两个能用的了，霍华德的那支早在大蛇袭击的时候就坏掉了，还有两支和卢克萨、小靴子一起在深水里失踪了，也就是说现在他们各剩一支手电筒。霍华德执意要让格雷戈尔将剩余的电池都带上。“就算没有光，安德罗美达也能带我们回家。而你则需要应对更多的困难。”

格雷戈尔点点头。他将两条糖果、食物以及剩余的电池都装进一个背包里，然后又把马雷斯的剑插进了两条带子中。手电筒依然缠在他那条没受伤的胳膊上。

安德罗美达把背放平，他们把马雷斯抬了上去，霍华德把放在急救包里的毯子盖在马雷斯身上。接着他腿一横，跨坐在了蝙蝠的脖子上。

“高飞吧，地上人格雷戈尔。”

“高飞吧。”格雷戈尔说。尽管这时候说“很高兴认识你”似乎不合时宜，但他心里真的没有再抱见到他的希望。

安德罗美达起飞了，她用爪子紧紧抓住小木筏，飞离了隧道。很快，大家再也看不见他们了。

格雷戈尔、阿瑞斯和傻奇提普转过身去，一言不发地向隧道深处走去。

# 20

傻奇提普靠着鼻子受伤前的嗅觉记忆，领着格雷戈尔和阿瑞斯在迷宫里不断摸索。没过一会儿，隧道中便出现了几条岔路。有的路通往一个十字路口，四五条小道由这个路口向前延伸；还有的路如果走直线，明明十分钟就能抵达终点，但它偏偏修成了螺旋形，让行走的过程变得艰辛而漫长。他们越向迷宫深处进发，隧道里的路就变得越发古怪。一行人在一条只能勉强容下一人的羊肠小道里不断走着，突然就豁然开朗，进入了一个巨大的洞穴内，再走一会儿，他们又转而踏上了一条布满石块、极其难走的小路。

阿瑞斯吃的苦头最多，这一路几乎都得靠脚来行走。他一路艰难地跳着，拍打着翅膀，在狭小的通道里迈着极小的蝙蝠式步伐前进着，当他们走到稍大些的空间里时，才能解脱一般舒展开翅膀。

这里没有老鼠。“他们一定亲眼看到了你妹妹的命运。”傻奇提普说，“噬咬者们认为她的死一定击垮了你，灾星现在也安全了。但最终会有老鼠闻到你的气息，这一战是免不了的。”

他们往前走了一个小时，停下来喘口气休息。

“这里你都记得？就凭你在大杯口那儿的气味记忆？”格雷戈尔问道。

“嗯，这个，其实我比这里大多数的老鼠都要熟悉拉比瑞斯的路。我在被驱逐后，大概在这里生活了一年的时间。”傻奇提普喘着气说。她的情况看上去可不太妙，鼻子和尾巴上的绷带都浸满了鲜血，眼睛看起来也红红的，好像发烧了。

“我还以为你是住在死亡之地的。”格雷戈尔说。

“事实上并非如此。我最初藏身在大杯口的山洞里。因为大蛇的缘故，老鼠们从不到这儿来。虽然这里的情况并不太理想，但总比死亡之地要安全得多。有一天我在采蘑菇的时候不小心睡着了，然后巡逻兵发现了我。这一切迫使我不得不逃离这个地方，而我唯一能去的地方只剩下了死亡之地。”傻奇提普说，“我已经有好几年没开口和任何生物说话了，后来我发现那里居然还有一只老鼠。”

“瑞普瑞德。”阿瑞斯说。

“对。他不在家时，就让我待在他的巢穴里。你曾经离那里很近，就靠着你第一次和他说话的地方。”傻奇提普说，“现在他手下多了一大帮老鼠。但他说，我只有帮助你们找到灾星，才能留下来，要不然我就要独自求生了。”恐惧感让她浑身一激灵，“我们必须继续出发了。”

他们再次出发了，格雷戈尔不由自主地想起了瑞普瑞德。他让在死亡之地的傻奇提普接近自己，允许她待在自己的窝巢里，让她成为自己的一员——这些行为几乎都可称得上是善举，可真的是这样吗？瑞普瑞德所做的一切都是有条件的，都是为了从傻奇提普身上得到些什么。瑞普瑞德知道自己用得上她和她那不可思议的鼻子。傻奇提普绝望至极，迫切想让自己再次身有所属。他们有共同的需求，就像瑞普瑞德和格雷戈尔以前一样。对傻奇提普来说，唯一的问题就是什么时候会丧失利用价值——比如对格雷戈尔。

他这么想，是不是对瑞普瑞德太严厉了？他似乎是维库斯和索罗维特的朋友。有时，格雷戈尔也会在老鼠的嬉笑怒骂、吼叫咆哮中感觉到一丝诚挚的同情心。

也许事情到了愤怒者身上就变得复杂了吧——格雷戈尔显然就是这样的。

傻奇提普的脚步踉跄起来，格雷戈尔看得出来，她已经快没力气了。她刚才一脚没踩稳，腹部着地，径直摔在了地上。格雷戈尔赶忙在她身边蹲了下来,发现她的呼吸声短而急促。

“我走不动了。”她说,“没关系……我的嗅觉地图也到头了。前面的道路分为三条，我想你的判断力应该和我的一样好。”她说。

“我们要把你留在这儿吗？”格雷戈尔说。

“我要在这儿休息片刻。要是老鼠没发现我的话,我就能回到我的老巢里去。但是你……你必须继续前进。你离灾星不远了。我知道。老鼠们很快就要闻出你的气息了。去……去吧……”她喘着气艰难地说。

格雷戈尔掏出一块肉和几片已经不新鲜的面包,递给她。该说什么好呢？“高飞吧,傻奇提普。”

她大笑起来，血从鼻子上的绷带里滴落下来,“这可不是该对老鼠说的话。”

“那这种情况应该说什么？”格雷戈尔问道。

“这种情况？像河水一样奔跑吧。”傻奇提普说。

“像河水一样奔跑吧,傻奇提普。”格雷戈尔说。

“你也是。”傻奇提普说。

格雷戈尔和阿瑞斯把傻奇提普留在了隧道中。当他们走到路口,才发现前面的路居然分为了三条小道,这对结合停下脚步,一时间不知该选哪条才对。格雷戈尔想起了傻奇提普,此时她正躺在黑暗中,汩汩地流着鲜血,死亡慢慢地向她走来。

阿瑞斯似乎看穿了他的心思，“她很坚强，还很狡猾，能独自在死亡之地活下来可不是一般的老鼠。况且她在这儿还有个藏身之地。”

“我知道。”格雷戈尔说。

“她不喜欢一个人活着。你能杀死灾星是她活下去的唯一希望。要是我是傻奇提普，我不会希望你回头的。”阿瑞斯说。

格雷戈尔点点头，研究着面前的隧道，“你觉得哪条看起来比较顺眼？”

“左边这条。”阿瑞斯说。

他们顺着这条路走了一会儿，又来到了一条螺旋形的道路上。不知怎么地，走着走着，他们又回到了一开始出发的地方。

“再仔细想想，我还是比较喜欢右边那条路。”阿瑞斯说。

他们转而踏上了右边的那条隧道，五分钟后，前面的路消失了，出现了一个死胡同。他们有只好顺原路又走了回去。

“我想还是你来选吧。”阿瑞斯说。

这次，他们走进了中间的隧道，大概二十分钟后，格雷戈尔和阿瑞斯来到一个圆形大洞穴里。洞穴大概有十五米高，整个空间呈完美的圆锥形，石壁倾斜着，在顶上汇聚成一点。洞穴底部向四周辐射出十几条隧道，就像是自行车的轮子。

“哦，这下好了。”格雷戈尔说，“现在我们该怎么走？”

阿瑞斯顿时也没了主意，“不管怎样，地上人，自我们上次

吃过东西后已经过去好几个小时了。要是我们想继续走下去，现在必须吃东西了。”

他们上次吃东西是什么时候？格雷戈尔努力回想着——他的思绪回到了和傻奇提普在一起的时候，之前是巨蛇袭击、顺着通道进入大杯口，再往前是被太普的声音唤醒，那晚大家都还在一起。他当时把自己的面包和肉都给了小靴子，自己就吃了一片生鱼肉。

“我们闭眼睛吗？”他听见了小靴子细小的声音，心口不禁传来一阵痉挛般的绞痛。格雷戈尔深深地吸了口气，努力不去想小靴子，他想象着老鼠们的笑声，胸口又仿佛盖上了厚厚的一层冰。

“你说得没错，我们必须吃东西了。”格雷戈尔说着，打开了背包。他们坐在石头上，努力咀嚼着生硬的食物，就着一个看起来像是酒囊的皮袋子里的水，把食物吞咽了下去。

“这一切有些太不对劲了，我居然还活着。”阿瑞斯阴郁地说。

“什么意思？”格雷戈尔问道。

“亨利、卢克萨和欧若拉都不在了。距离你第一次掉到地下来，已经过了多久了？”蝙蝠问道。

“我记不清楚了，大概有五六个月吧。”格雷戈尔说。

“到现在我依然记得，在那天的比赛中，亨利和我共得过七次分。同样也是那天，我们还特意为尼莉莎的生日准备了一场晚宴。那时候，老鼠离我们还很远很远。而之后，你、你妹妹还有爬虫一起闯入了竞技场，然后一切就都变样了。这个世界是怎么了？怎么说变就变了？"阿瑞斯问道。

格雷戈尔明白了他的意思。自从爸爸失踪的那晚起，他的世界也不一样了。之后，一切都似乎脱离了正常的轨道，"我不知道，但我能这么跟你说，原先的那个世界，永远都不会再回来了。"

"我让我的结合死了，我是个异类。卢克萨和欧若拉也去了。似乎我活着就是个罪过。"阿瑞斯说。

"阿瑞斯，这一切都不是你的错，没有一件事是你的错。"格雷戈尔说，"就像维库斯曾经跟我说过的一样，我们只不过陷入了三明治预言中所说的困境里。"

这番话似乎并没有让阿瑞斯振作起来。他沉默了好一会儿，突然，他那双黑色的眼睛迎上格雷戈尔的目光，盯着他问道："你觉得要是我们杀死了灾星，我们会感觉好起来吗？"

"我不知道。"格雷戈尔说，"但不管怎么样，我们的情绪也不可能比现在更差了。"

阿瑞斯的头猛地一抬，格雷格戈十分熟悉这一举动。

"有老鼠吗？"格雷戈尔问道。

"两个，正向我们跑来。"阿瑞斯说。

没过几秒,格雷戈尔就爬到了阿瑞斯的背上。蝙蝠向圆锥形的洞顶飞去。正当他们在空中盘旋的时候，老鼠们闯了进来。阿瑞斯说得没错,一共来了两只老鼠,他们长着一身泥灰色的皮毛,一口牙磨得吱吱作响。

“他在那儿！”一只老鼠喊道。

“让他和金片儿待在一起,我们真是太蠢了。”另一只说。

“只要他们死了就没问题了。”第一只老鼠咆哮道。

格雷戈尔他们所在的位置很高,老鼠们够不着,但他们不断跳起来,让阿瑞斯没法飞下来,从隧道里逃走。既然迟早要和他们开战,还不如趁现在阿瑞斯还没累,也没有更多的老鼠涌进来的时候开始动手。

格雷戈尔从系带里拔出了剑,就在那时,他感到那种愤怒者特有的感觉又来了。这次他没有抗拒这股力量。老鼠在他的眼里变成了碎片,就好像破碎镜子里的影子,但有几块却是亮着的。他的目光捕捉到了一只眼睛、抬起的爪子下的一个小点、脖子……他的脑子里有个地方在帮他思考,让他明白这些正是他要攻击的目标。

“就是现在！”格雷戈尔轻声说道。阿瑞斯迅速俯冲下去。

# 21

就在其中一只老鼠进入格雷戈尔攻击范围的时候，有个东西吸引了阿瑞斯的注意，他改变方向，向空中径直飞去。第三只老鼠，一只不同寻常的金色老鼠冲了进来，现在就处在他们身下。

“现在我要对付三只老鼠了。”格雷戈尔暗自想着。阿瑞斯径直飞到空中，悬停在一侧观察着地面上的一举一动。地面的情形变得清晰起来，格雷戈尔看见那只金色的老鼠猛地撕开了其中一只老鼠的喉咙。可怜的老鼠在原地打了个转，鲜血从口鼻中喷涌而出，正好溅到了那只灰色老鼠的脸上。

格雷戈尔轻轻晃了晃脑袋，不敢相信自己的眼睛。到底发生什么了？

“别傻了,金片儿！他是来杀灾星的！”灰鼠咆哮道。

“我宁愿让灾星死掉,也不会信任你的。”金鼠嘶嘶地回应道。

这只老鼠说话的音调略微偏高,和傻奇提普有点像。格雷戈尔敢肯定那是一只雌鼠。

“你这么做只会让自己丧命！”灰鼠蹲了下来,准备扑过去。

“一定会有人死,斯奈尔,但问题是,送命的会是谁?”金片儿说。就在斯奈尔朝她跳过来的时候,她也行动了起来。

格雷戈尔从没看过一场完整的老鼠大战。虽然瑞普瑞德曾在格雷戈尔去救父亲的路上杀死过两只老鼠，但那两只老鼠还没来得及还手便倒下了；后来这只面带伤疤的大老鼠又以极快的速度解决了戈杰国王的士兵们。尽管格雷戈尔当时曾有机会目睹这一幕,但不巧的是,他那时正忙着往大峡谷里逃，心系自己的安危，也就没这闲工夫去看老鼠之间的争斗了。而此时此刻,他正从上往下地俯视着他们,视角刚刚好。

金片儿出手杀第一只老鼠的时候，她出其不意，攻其不备,所以很快便得手了。而这次,她的对手有所警觉,采用了防守的策略。斯奈尔——格雷戈尔很确定他是一只雄鼠——在外形上也比她大很多。

战斗很激烈,两只老鼠用最暴力的方式攻击着对方。他们先是互相试探了一分钟，寻找彼此的弱点，紧接着其中的一方一跃而上，以极快的速度发动着猛烈的进攻，那速度快得让人只能勉强看见老鼠牙齿和爪子的幻影。厮打一番后，他们又退了回去，围着场地绕起了圈，新的伤口在他们身上显现出来。斯奈尔的一只眼睛瞎了，金片儿的耳朵破了，残存的耳朵勉强挂在她的脑袋上。格雷戈尔几乎一眼就能看见斯奈尔肩膀上的骨头，金片儿左前爪也裂成了两块。

最终，金色的老鼠抢先一步，绕到了对手的视野盲区，用利齿狠狠地咬住了他的脖子。斯奈尔垂死挣扎之际，猛地抬起后腿，狠狠地向金片儿的腹部划去。金片儿疼得松开了牙齿，跌跌撞撞地往后退了几步，瘫倒在地上。她的肠子流了一地。老鼠们躺在地上，彼此之间仅隔了几米的距离，他们仇视着对方，身体再也动弹不得。斯奈尔发出一阵可怕的咕噜声，最终被自己的血给呛死了。

金片儿将眼神投向格雷戈尔，眼里满是祈求，他敢肯定，她有话想对他说。“不要……”她低声说道。但还没来得及说完，她的目光就黯淡了，一动不动地躺在地上。

“刚发生什么了？”格雷戈尔脱口问道。

“我不知道。”阿瑞斯说。

“他们都死了吗？”格雷戈尔问。

“死翘翘了。三个全都死了。”蝙蝠答道。他飞了下去，停在地上，避开了从老鼠尸体里流出的一摊摊鲜血。

“你知道他们是谁吗？”格雷戈尔问道，“那些名字你听过吗？金片儿？斯奈尔？”

“金片儿我没听过，”阿瑞斯说，“斯奈尔我倒是有听说过，他以前是戈杰的将军。戈杰死后，他就退出了战争。想必是他后来加入了灾星那方。这也难怪，不管是谁，只要接近了将成为国王的灾星，日后必定飞黄腾达。”

在此之前，格雷戈尔倒没怎么关注过老鼠们的政治斗争，但现在一想，他又觉得有什么地方不对劲。“那为什么灾星还没成为国王呢？要是真有这么一只又大又强壮的老鼠，现在一定已经接管这个国家了。”格雷戈尔说，“他到底在等什么？”

“就算他是灾星，也得先聚集军队。”阿瑞斯说，“他在老鼠中也有不少敌人。比如瑞普瑞德，他就很想要了灾星的命。”

这话没错。瑞普瑞德的夺权计划中就包含了杀死灾星这一环节。斯奈尔想让灾星活着，但金片儿却宁愿让格雷戈尔杀死灾星，也不想让他信任斯奈尔。

金片儿也有不对劲的地方。最后她看着格雷戈尔的眼神，就好像在祈求他一般。那老鼠究竟想对他说什么？不要做什么？不要伤害她？但说这话也未免太迟了吧。就在那时，阿瑞斯的头猛地向隧道入口偏去。

“有多少？”格雷戈尔问。

“就一个，我觉得。”阿瑞斯说，“这很难判断，那条路是螺旋形的。”说着，他的下巴又突然抬了起来。这次格雷戈尔没有再问，因为他也听见了那抓挠的声音。声音戛然而止，隧道口什么也没有。格雷戈尔忽然明白了原因。

“是灾星。”他对阿瑞斯说。蝙蝠赞同地点了点头。肯定是他。要是其他的老鼠早就直接攻击了，但灾星懂得捕猎的技巧，他知道如何抓捕一个人，一个地上人，一名预言中的勇士。“灾星预言”中的话语再次出现在了格雷戈尔脑海中。

深渊中不停传出它抓挠的声音，

已被人遗忘的白雪之鼠，

一袭白衣，满身灾星。

勇士是否会耗尽你的光？

是的，他会的，这就是勇士的职责。

又一阵微弱的抓挠声传了过来。他就在那里，离他们只有几米远，像猎人一样守候在那里。隧道口很小，大概只有一米五高，一米宽的样子。阿瑞斯在洞里飞不起来，灾星一定知道这点。他想把格雷戈尔单独引进去，好吧，那就这样吧。格雷戈尔将独自面对敌人。

格雷戈尔将肩头的背包放下来，以便行动自如，然后跳到地上，将手电筒开到强光档，紧握紧剑柄，向隧道口缓缓走去。

阿瑞斯张开翅膀拦住了他。“你不能一个人在里面和他战斗，地上人。”

“可他不肯出来。”格雷戈尔说。

“那就等等。”阿瑞斯说。

“为什么？你想等一大堆老鼠出来才出手吗？”格雷戈尔说。

阿瑞斯不情愿地收回了翅膀。

“听着，我有预感，他应该会从这边来，我也觉得我应该一个人来对付他。”格雷戈尔说，“但你要准备好，我消灭他后，我们一定要尽快离开这里，行吗？”

“我会准备好的。”阿瑞斯说。他伸出爪子，格雷戈尔和他握了握手。

格雷戈尔转身向隧道走去，没走几步，他就来到了洞口。他感到自己正逐渐转变成愤怒者，感官渐渐变得敏锐起来，他的眼睛不断搜寻着攻击目标，肾上腺素急剧分泌，仿佛体内的每个细胞都做好了杀戮的准备。

他三步并作两步来到隧道里，立马看到了阿瑞斯口中所提到的螺旋形走道。这又是一条极为难走的路。格雷戈尔用那只受伤的手扶着墙，另一只手握着剑，向前摸索。他绕着旋转地道走了一圈又一圈，终于在绕了整整三圈之后，进入一个方形洞穴。

灾星在躲着他。格雷戈尔只在洞穴旁的洞口处瞥见了他的白色皮毛、粉色尾巴。

格雷戈尔想到了卢克萨，她也许永远都不会成为女王了，他还想到了正躺在地上流血不止的傻奇提普，以及在电话那端伤心哭泣的爸爸，还有小靴子……纯真可爱的小靴子……

格雷戈尔的心急剧跳动着，对周围的一切都视而不见，眼里只剩下那一戳小小的皮毛。他朝洞穴猛扑过去，高举剑柄，扬起剑身，好让剑尖沿着一定角度落下。格雷戈尔用尽全力，双眸冒火，向灾星闪电般刺过去。

但就在剑尖即将刺中那个生物时，一个声音如同炮弹般击中了格雷戈尔：

“妈——妈！”

# 22

就在那千钧一发之际，格雷戈尔扭过剑尖，把剑转向了一旁的岩洞石壁。由于用力过猛，从剑身到剑柄都出现了不同程度的裂纹，哐当一声，一部分剑体掉在了地上。那阵冲击力实在太大了，以至于格雷戈尔的牙齿都被震得咯咯作响。

格雷戈尔从洞边踉跄着退后几步。“小靴子？”他用粗哑的嗓音问道。他知道那不是小靴子，但声调从某些方面来讲和小靴子沮丧时发出的声音非常相似。那音调，那悲伤的情绪，以及那喜欢把一个词拖成两个字的小习惯，简直和小靴子的一模一样。“妈——妈！”

他看着这个洞穴，觉得一阵眩晕。灾星在哪儿？那个离他几米远的毛茸茸的白色东西究竟是什么？不管是什么，都绝对不是什么身高三米、试图袭击他的白色老鼠！格雷戈尔强迫自己往前走，用手电筒照了照那个洞穴。一只小小的白色老鼠正靠在石壁边，吓得瑟瑟发抖，惊恐地缩成了一团。突然格雷戈尔什么都明白了——为什么大家对灾星一无所知，为什么他还没掌控整个老鼠王国，为什么他刚才没有对自己发起进攻，因为他还是个小宝宝！

但不管怎么说，他都是灾星！格雷戈尔本该结束他的生命，他的剑坏了，只剩下一把貌似残缺匕首一样的东西，要是凭这个杀死面前这个小东西，应该不成问题。可是……可是……

"妈——妈！"

可是他的声音简直和小靴子一样！

"哦，上帝啊。哦，上帝啊。"格雷戈尔叹息道，将手上的残剑扔到了一旁。他跪下来，伸出手去，拍了拍那个小东西，"没事的，你没事了，宝宝。"

小老鼠惊恐得颤抖不已，紧贴墙壁站着，拼命哭喊着："妈——妈！妈——妈！！！"

"嘘……嘘……没事了，我不会伤害你的。"格雷戈尔安慰道，"阿瑞斯！"

早知如此，他就不大声喊阿瑞斯了。这下好了，老鼠宝宝又被格雷戈尔的喊声吓到了，抽泣个不停。

阿瑞斯沿着弯弯曲曲的隧道，摇摇晃晃地跳进了洞穴，“这是什么？灾星呢？”

“就在这儿，”格雷戈尔指了指那个巢穴，“我们有麻烦了。”

“什么？是什么？”阿瑞斯进来的时候已经做好了拼个你死我活的准备，现在他完全摸不着头脑了，“什么麻烦？”

“麻烦在那儿。”格雷戈尔说。他弯下腰，一把抄起老鼠宝宝，把他搂在怀里。他的体重大概和一只成年小猎犬差不多，说不定在未来的某一天，他会长到三米高。格雷戈尔转过身，把怀里的东西给阿瑞斯看。

“那是什么？他才不是灾星！”阿瑞斯说。

“实际上，我觉得他就是。至少，他应该算是灾星宝宝。”格雷戈尔说。

“我真不敢相信！这是个圈套吧，一定是噬咬者设了这个局，引诱我们进来，好把我们一举歼灭！”阿瑞斯说。

“我不这么觉得。我的意思是，你看看他的皮毛。你见过多少只白色的老鼠？”格雷戈尔问道。

“除了这只外，没见过其他的。”阿瑞斯说，“但也许它不是老鼠！说不定是只白色的小田鼠，是他们抓来骗我们的！我见过白色的田鼠！”

格雷戈尔不是啮齿目动物专家，端详了老鼠宝宝片刻，也无法确定,便抱起他,让阿瑞斯来看。“你仔细看看,他是田鼠吗?”

“不是的,绝对是噬咬者。”阿瑞斯说。

“那你觉得会有两只白色老鼠吗?”格雷戈尔问道。

“是的。不,我也不知道。两只白色老鼠同时出现,这种可能性太低了。他一定是灾星。哦,哦,地上人,你准备拿他怎么办?”阿瑞斯问。

“嗯,我不能杀死他,是吧?他还只是个小宝宝啊!”格雷戈尔说。

“啊哈!在王之城你这个看法可站不住脚跟!”阿瑞斯说。格雷戈尔从来没看到他的情绪如此失控过,蝙蝠拍打着翅膀满房间地跑,怒气冲冲地往墙上撞。

“嘿,你撞到自己了!”格雷戈尔说。蝙蝠从来不会让自己撞到东西。

“你这能怪我吗?我……我们……你到底知不知道自己怀里抱着的是什么?”阿瑞斯问。

“我猜是灾星,”格雷戈尔说。

“是的!是的!灾星!将给地下王国带来灾难的祸根!这东西可能会让飞行者、人类,还有无数其他生物灭绝。此刻不管我们要做什么,都决定了这个被我们所有生物叫做‘家’的地方的命运!”阿瑞斯说。

“那我该做什么呢，阿瑞斯？挥剑砍下他的头？你看看他啊！”灾星在他的胳膊里扭来扭去，挣扎着跑了出来，跑进隧道，“嘿，等等！你等一会儿！”

格雷戈尔紧追其后，沿着弯弯曲曲的螺旋形隧道跑了出去。眼前的画面让他的心中一阵酸楚。

那只小小的白色老鼠正蜷曲着身体，靠着金片儿的脖子。“妈——妈！”他惊恐地呜咽着，“妈——妈！”他得不到任何回应，便用爪子疯狂拍打着僵死的老鼠的脸，“妈——妈！”

阿瑞斯的翅膀拍打声从他身后传来。“原来是这样。她是他的妈妈。她刚对我说‘不要’……”格雷戈尔说不下去了，过了一分钟，才继续说，“她是想对我说，‘不要杀害我的宝宝’。”

“她一定在保护小老鼠，不让他落到斯奈尔的手里。斯奈尔肯定是在盘算带走这个小家伙，把他养大，好卖个好价钱。”阿瑞斯轻声说道。

老鼠宝宝的脸上沾满了血渍，哭声不止，让人心生怜悯。而此时更火上浇油的是，阿瑞斯的头再次猛地抬了起来。

“这次又来了多少个？”格雷戈尔问道。

“至少十二个。”阿瑞斯说，“地上人，你一定要做出决定了。”

格雷戈尔咬着嘴唇，他做不了决定。这一切发生得都太突然了，他需要更多的时间。“好的，好的。”他说。他把包裹收拾好,把宝宝抱了起来,“我们要带他一起走。”

“是吗?”阿瑞斯皱起眉头,反问道。

“是啊。我是不会杀他的,我也不准备把他留在这儿,任由其他老鼠摆布。”格雷戈尔说。

阿瑞斯摇了摇头,既愤慨又反对,但最终还是趴下身子,让格雷戈尔爬到背上。

格雷戈尔一只手抓着背包,横跨在阿瑞斯背上,把灾星抱在胸前。“好了,”他说,“让我们像河水一样奔跑吧。”

阿瑞斯刚一飞到空中, 一大群老鼠就冲进了这个圆锥形的洞穴内。这群老鼠疯了似的,号叫个不停,拼命地往空中跳着,挥舞着爪子想把他们抓下来。

“坐稳了!”阿瑞斯喊道。在圆锥形洞穴向外辐射开的十二条地道中,只有其中的四条能让阿瑞斯飞进去。他冲进一条地道,迅速离开了这里。

阿瑞斯展开翅膀,在狭窄的通道内快速飞行。格雷戈尔觉得,自己仿佛坐上了史上最恐怖的主题公园过山车。格雷戈尔历来对各种过山车深恶痛绝, 但什么都比不上像现在这样在黑暗中疾速旋转、猛力上升、抛来甩去。他手头只有一支手电筒了,却发现每个转弯处都有疯狂的老鼠在蹦跳个不停。格雷戈尔双腿紧夹住阿瑞斯,一手扶着他,一手搂抱着怀里的老鼠宝宝。

正当他们在一个洞穴里疾飞、努力躲避着好几张咬得咔咔作响的嘴巴时，阿瑞斯大吼道："快用剑！"

"我没剑！刚才的剑断了，我把它扔在洞里了！"格雷戈尔说。他讨厌把逃跑的重担整个压在阿瑞斯身上，可他现在又能做什么呢？

阿瑞斯在几条小路上转了几个弯，进入了一条隧道，但那里面也藏有很多急红了眼的老鼠。

此时的老鼠宝宝已经不再哭喊着叫妈妈了，取而代之的是音调很高的尖叫声。"呀！呀！呀！"

"让他停下来，地上人。这声音能传到很远的地方去，迷宫里的每只老鼠都能听见这小家伙的声音！"阿瑞斯吼道。

格雷戈尔突然想起了小靴子哭喊声的力量——它能穿过门，飘过走廊，甚至你在乘电梯上楼时也能清晰地听见她的声音。大自然似乎就是这么设计的，让婴儿的哭声能飘得很远——也许老鼠也和人类一样。

一开始，他试图用自己的声音让灾星镇定下来，却无济于事，要是现在他们安静地坐在地上，说不定能奏效，但在这个像噩梦一样的疯狂场景里，这么做一点用都没有。他试图抚摸他的后背和头，但也丝毫不见起色。格雷戈尔人类特有的声音、抚摸和气味对这只小老鼠来说都是未知的，这一切都让他心生恐惧。最后，格雷戈尔勉强将手伸进背包里，拿出了一条糖果。他撕开包装，把糖掰开，塞进了小宝宝哭号个不停的嘴里。

“呀！”灾星发出一声惊叹，接着咂了咂嘴，而后便全心全意地开始享受巧克力的美味来。

“还要！”听见这老鼠宝宝说话感觉真奇怪，他真的能说话。“还要！”他又喊了一遍，就像小靴子一样。

格雷戈尔又掰下一块巧克力，放进小老鼠的嘴里，他一口气就吃完了。很快，灾星对格雷戈尔似乎多了些好感，表情放松起来，钻回了格雷格尔怀里。

“你觉得我们差不多能出去了吗？”他们呼啸着又飞过一条隧道，格雷戈尔问道。

“你自己看吧。”阿瑞斯说。

格雷戈尔用手电筒照了照这个他们刚刚进入的地方，发现地上躺着金片儿、斯奈尔，还有第三只老鼠。“不！我们怎么回来了？”他倒吸了一口凉气。

“你试着找方向看看！”阿瑞斯说。格雷戈尔不顾阿瑞斯反对，执意要带上灾星，再加上现在手无寸铁，什么忙也帮不上，他感觉到这蝙蝠快对自己失去耐心了。

“好了，好了，对不起。”格雷戈尔说。

“都是因为我们的气味，地上人。”阿瑞斯说，“他们凭气味就能轻松追踪过来，我甩不掉他们。”

“嘿，我有主意了！”格雷戈尔说，“我们可以骗到他们！”他以前看过一部电影，里面提到了一个被许多条猎犬追踪的人是怎么骗过它们的。“我们要让他们的鼻子失灵。”但该用什么好呢？

格雷戈尔撕开了胳膊上的绷带。那绷带浸满了血、脓液和药膏。“在洞里飞一圈，阿瑞斯！我要碰到每条隧道的顶端。”

阿瑞斯遵循他的指示，却不明白格雷戈尔这个计划的意义。“我们为什么要这么做？”

格雷戈尔举着那条绷带，每当经过一个隧道口，就拿它都在上面擦几下。“我要把我们的气味散播开来。”

他们飞完一圈，完成了工作。格雷戈尔将绷带扔进了最后一条隧道里。

“他们来了！”阿瑞斯警告道。

“赶快走！现在就走！”格雷戈尔说。

阿瑞斯飞进了那条他们还未试过的隧道。三十秒后，他们听见了老鼠跑进中央洞穴的声音。老鼠们呆住了，对该从哪条隧道追踪各抒己见，激烈争吵，最后甚至还传出了打斗的声音。

格雷戈尔他们迅速离开，那声音也渐渐变低，直到再也听不见。

阿瑞斯沿着之字形路线在隧道里飞行，飞到尽头时，他们面前居然出现了一条美丽宽阔的浅溪。

“我必须得歇一会儿……我需要喝点水……”阿瑞斯停在

溪边，喘着粗气。他把脸整个埋进水里，急切地大口喝起水来。

格雷戈尔也坐下来，用手捧起水，先是自己喝了一点，然后喂灾星喝了一点。溪流不深，但水的流速很快，他可不想灾星被水冲走。

“我刚想到了一件事。”阿瑞斯抬起湿漉漉的脸，说，“这溪流。你觉得它会流向哪里？”

“不知道，应该是一条更大的溪流吧。或许流到河里，也可能……”格雷戈尔明白了阿瑞斯的想法。在他到达王之城的第一天夜里，他曾试图逃跑，那次他就是跟着河水跑出宫殿的。那条河带着他来到了水路，“我们可以试试看。”

格雷戈尔抱着灾星，爬到阿瑞斯的背上，再次起飞。

一开始，格雷戈尔还以为走这条路逃出去的希望不大。因为这条溪流很长，拐弯的地方多得堪比迷宫里的地道。格雷戈尔能感觉到阿瑞斯翅膀的拍打速度正在逐渐变缓，再过一会儿，一定得让他好好休息一下了。但要在迷宫里停下来休息无疑是死路一条。老鼠们很快就会追上他们，格雷戈尔手头也没有剑，小宝宝将会再次大哭大闹起来，接着他们就……

“一条河！”阿瑞斯吐着气说道，“就在我们身边了！”

一分钟后，他们就跟着一条溪流飞出了隧道，飞进一个大山洞里。河流从这里流过，他们走出了迷宫！

阿瑞斯飞到河流上空，两边都是岩石天然形成的悬崖峭壁。

“周围有老鼠吗？”格雷戈尔问。

“只有我背上有一只。”阿瑞斯说。

“你想停下来休息一会儿吗？”格雷戈尔问。

“再过一会儿吧。我要拉开噬咬者和我们之间的距离。他们会赶过来的，地上人。毕竟灾星和我们在一起。”阿瑞斯说。

“是啊，我打赌他们不喜欢这样。”格雷戈尔说。他拍了拍灾星的头，这小家伙越来越习惯和他在一起了。他缩成一团，靠在他身上，打了一个大大的哈欠，“你今天受了不少苦，是不是啊小家伙？”没过多久，他就睡着了。

他们无声无息地又飞了一会儿。阿瑞斯突然用古怪的声音说：“地上人，我觉得我认识这个地方，我们都认识。”

“什么？”格雷戈尔说。他怎么可能知道他在哪儿？

“打开你的光。”阿瑞斯说。

格雷戈尔照做了。他们身下是一条河流，非常宽，流速很强。高高的河岸两边各挂着一段桥的残骸。

“哦。”格雷戈尔说。那天的记忆快速从他眼前闪过。他在桥上跑着，想把小靴子救过来，但瑞普瑞德抓住了他的背包，桥在他身下令人头晕目眩地晃动着。卢克萨、亨利和高克斯准备把桥上的绳索砍断，老鼠、蟑螂还有他的小妹妹都还在桥上，他想跑回去，却被瑞普瑞德的尾巴抽倒在地……还有……还有……提克就是在这儿丧命的。

“你说得没错，”格雷戈尔说，“你觉得我们怎么到这儿来了？”

“大杯口、拉比瑞斯，还有这座断桥，都位于老鼠的地盘。”阿瑞斯说，“现在我们至少知道自己在哪儿了。”

蝙蝠飞了过去，停在他们曾经把桥砍断的地方。“这边更安全，老鼠们想游过来要费不少力气，我们都知道，河里有不少食肉的鱼。”

格雷戈尔抱着轻声打鼾的灾星，从阿瑞斯背上爬了下来。他们位于一条隧道的入口处。格雷戈尔拿着手电筒照了照周围的岩石，想起上次来的时候，这儿满是蠢蠢欲动的老鼠，而现在岩石上都空了。“隧道里有什么东西吗？”他问阿瑞斯。

蝙蝠摇摇头，“我觉得没有，现在我们应该暂时安全了。地上人，我必须休息了。”

阿瑞斯疲惫不堪，眼睛都快睁不开了。

“你先睡吧，我来放哨。”他说，“还有，阿瑞斯，你刚才的表现实在太惊人了！”

“我没那么差。”阿瑞斯表示同意，说完便很快睡着了，后背依靠着隧道的墙壁。

格雷戈尔将手电筒的光对准了隧道。要是有任何侵入者的话，他就能提前有所准备。他盘腿而坐，灾星就躺在他的膝盖边，在睡梦中不停地翻来覆去，也许他是在释放过去几小时内受到的创伤吧。他拍拍他的后背，试图让他安静下来。抱着他的感觉简直就和抱着小靴子一模一样。可是，他为什么没有为小靴子落泪？他曾在河对岸的洞穴里因为一只蟑螂的死而痛哭流涕，可现在居然没有为自己的妹妹流一滴眼泪。他想起了卢克萨曾对他说的话，她说她父母死的时候，她连眼泪都没了。原来如此，格雷戈尔也许正在体验着和她一样的感受。

他的手摸了摸小老鼠柔软的耳朵。

看来三明治说得没错，老鼠杀死了小靴子，而他无法杀死灾星。但格雷戈尔想，即使小靴子还活着，他也没法杀死灾星。会吗？如果他们俩只能活一个呢？他不知道答案，答案对他已经不那么重要了。

"现在该干什么？"他想。他必须把一切都想清楚，必须尽快想出处理灾星的方法。

格雷戈尔不能把他送回老鼠王国去。金片儿为了不让她落到老鼠同类的手上，已经献出了生命。但要是他带着灾星回到王之城，他敢打赌，人类绝对会下令处决他。要是他们让灾星活着——这几乎是不可能的——老鼠们肯定会踏平王之城，把灾星夺回去。有那么一瞬间，格雷戈尔在思考能不能把灾星带回家去，但他知道，妈妈绝对不会允许他饲养一只将长到三米的老鼠，特别是在小靴子已经……

好吧，那他还有什么选择？没有了，真的一点都没了。

他看了看水面。

这儿真是一处让人悲伤的地方。不仅仅是因为提克的死，更是因为当他第一次参加冒险时，他身边还有十名队员，而现在，还有几个活着？他在脑海里迅速计算了一下，三个，只有三个。提克死在了这里，亨利和高克斯在拯救他父亲的途中丧命，卢克萨、欧若拉、太普和小靴子都在大杯口被淹死了。现在还活着的只剩下他、阿瑞斯和瑞普瑞德。

假如瑞普瑞德发现格雷戈尔没有杀死灾星，肯定会发疯的。他不希望灾星活着，这就是他把傻奇提普带来、试图教会格雷戈尔回声定位法的原因。但话说回来，瑞普瑞德也不知道灾星只是个小宝宝。这会让他产生不一样的感觉吗？也许吧，说不定呢。

格雷戈尔的脑海中渐渐形成了一个计划。

大概三小时后，阿瑞斯醒了，他快饿坏了。他飞到下面的河里，捞了一条大鱼上来。灾星也醒了，和蝙蝠一起将那条鱼狼吞虎咽地吃掉了。只有格雷戈尔一个人不吃生肉，只得就着残余的一点奶酪，吃掉了最后一块面包。

就在他们进餐的时候，他把自己的计划告诉了阿瑞斯，“好了，我知道该怎么处置灾星了。”

“我在听着。”阿瑞斯说。

“这条隧道通向瑞普瑞德的巢穴。”格雷戈尔说。

“是吗？”阿瑞斯不解。

“是啊，记得吗？傻奇提普说过，他的窝就离我们第一次和他见面的地方不远。我们不就是在隧道的这头遇见他的吗？”格雷戈尔说。

“哦，是的，在我们和纺织工打完仗后。”阿瑞斯说。

“嗯，我提议我们先去找瑞普瑞德，把灾星交给他，让他处理。”格雷戈尔说。阿瑞斯张开嘴，准备表示反对，但格雷戈尔抬起了手，“等等！你要是能想到更好的主意，再开口告诉我为什么不能这么做。”

阿瑞斯沉默了很久很久，说：“我想不出更好的计划，但你这个可能也没好结局。”

“也不一定。”格雷戈尔说，“咱们试一下吧。”

# 23

阿瑞斯坚持让格雷戈尔先睡几个小时再出发。当格雷戈尔醒来后，他们便开始往隧道里进军。隧道里的路一开始很窄，但走着走着，很快就进入了一条更为开阔的隧道，这里的空间足够阿瑞斯展翅飞行了。格雷戈尔松了口气——他一直抱着灾星，胳膊已经开始酸痛了。

他们在流经山洞的小溪前停了下来，喝了些水，稍做休息。

“你还记得这个地方吗？”阿瑞斯问。

“不记得了。”格雷戈尔说，“等等，说不定我还……”他想起来了，瑞普瑞德做他们的向导时曾让他们在这里休息过。“亨利当时是想在这儿把还在睡觉的瑞普瑞德杀死的吧？”

“是的，后来你制止了他。”阿瑞斯说。

“你当时到底知不知道亨利想杀瑞普瑞德的计划？”格雷戈尔说。

“我的确不知道。亨利有好多事都没跟我说过，这不过是其中一件。”阿瑞斯说。格雷戈尔看得出来，他不想再谈论这件事了。

他们继续向前飞去，灾星又开始哭着喊着要妈妈了。这一切对一只老鼠宝宝来说，确实太奇怪了——骑在蝙蝠背上飞翔，被人类抱在怀里，还刚刚得知妈妈的噩耗。格雷戈尔故技重施，将拆开的那条巧克力全部喂给了他。他还留了一条，以应对真正的紧急事件。

臭鸡蛋味逐渐在隧道里弥漫开来，格雷戈尔闻到这味就知道，他们快到第一次遇见蜘蛛特雷福列克斯和高克斯的地方了。阿瑞斯在入口处停下，他们一起走了进去。散发着硫磺味的水依旧从墙上往下流着。地上居然还残留着特雷福列克斯的躯壳，他的伙伴高克斯在他死后，将他的身体都喝干了。

“想休息吗？”格雷戈尔问。

“我不想待在这儿。”阿瑞斯说。

“好的。”格雷戈尔说。尽管前面的情况也很糟糕，他们还是继续走了下去。

难闻的水从隧道顶上滴了下来。瑞普瑞德曾带着他们从这儿走过，为的就是用这水掩盖住自身的气味，好避开老鼠们的鼻子。等他们从这儿走出去后，浑身上下充满了浓烈的臭鸡蛋味。而今天这趟旅程的痛苦程度丝毫不亚于上次。他第一次来时，至少还戴着安全帽，那或多或少给他提供了一些保护。上次他也没受伤，一心想着找到爸爸，根本无暇顾及那些可怕的状况。他当时用背袋把小靴子背在背上，而不是像现在这样，怀里抱着一只名叫灾星的小老鼠。

隧道狭长，在此前的冒险中，可怜的阿瑞斯一直是骑在太普背上的，而现在他不得不一瘸一拐地依靠自己的力量行走。隧道中异石凸起，怪石嶙峋，不断有锋利的石块刮擦着他的翅膀。阿瑞斯低垂着脑袋，努力不让那刺激性很强的水滴落进自己的眼睛里。

没过几分钟，他们浑身都湿透了。小老鼠痛苦得吱吱直叫。格雷戈尔步履蹒跚，阿瑞斯在隧道里艰难跋涉了好几个小时，连一句话也没说。

当他们好不容易跌跌撞撞地走出隧道口，来到一块开阔地时，格雷戈尔的膝盖一下子软了下去，随后一屁股坐在了地上。他原以为这一路动个不停的灾星会趁机逃跑，但他却钻进了格雷戈尔的衬衣里，紧紧地贴着他的胸口。

阿瑞斯靠着身边的一块石头，也瘫软了下来。

“周围有老鼠吗？”格雷戈尔问。

“大概有十只，正往这儿走。但这不正是我们希望的吗？”

阿瑞斯说。

“这就是我们想要的。”格雷戈尔说。

当被老鼠包围时，他们连动也没动。突然，格雷戈尔看见了瑞普瑞德那道标志性的、将脸划分成两半的伤疤。

“要是我知道你要来，我一定会把这儿修整好的。”瑞普瑞德说。

“不麻烦了。我们不准备在这儿待很久，我来只是为了给你带个礼物。”格雷戈尔说。

“给我的？你不需要这么做的。”瑞普瑞德说。

“你把傻奇提普推荐给了我。”格雷戈尔说。

“当时我可没想着要回报。”瑞普瑞德说。他的鼻子抽动起来，眼睛迅速落到了格雷戈尔鼓起的衬衣上。

“不管怎么样，你都会得到点什么。”格雷戈尔说着，拉开了衬衣，灾星滑到了地上。除了瑞普瑞德外，所有的老鼠都倒吸了一口凉气。老鼠宝宝看见同类，转而向瑞普瑞德跑去，但瑞普瑞德凶狠的吼叫声又迫使他跑回格雷戈尔身边。

“你不喜欢小孩子，是吗？”格雷戈尔问。瑞普瑞德曾经冲着小靴子也这么咆哮过。

“不喜欢，特别是这个。”瑞普瑞德吼了起来，“他为什么来这儿？”

“我不知道该把他带到什么地方去。”格雷戈尔说。

"你应该杀死他！"瑞普瑞德说。

"可我没有。我把他带给你了，"格雷戈尔说。

"你凭什么觉得我不会杀他？"瑞普瑞德问。

"我觉得你对一个小家伙下不了手。"格雷戈尔说。

"哈！"瑞普瑞德愤怒地绕着场地踱起了步子。格雷戈尔不知道他是什么意思。

"好了，我觉得你对灾星下不了手。因为要是你这么做了，其他的老鼠永远都不会再跟着你了。"格雷戈尔说。

幸好格雷戈尔一直都坐着，要是他在站着的时候被瑞普瑞德猛地拍倒在地，脑袋说不定就裂开了，那样肯定很疼。瑞普瑞德用一只爪子将他摁倒在地上，尖利的牙齿贴着他的脸。"你有没有想过在这种情况下，我说不定会连你也一块儿杀掉？"

格雷戈尔咽了口口水，答案是肯定的。但他没有张口承认，而是死死地盯着瑞普瑞德的眼睛，说："好了，我想我还是警告你一下吧，要是我们俩打起来，你赢我的几率也只有五成而已。"

"是吗？"瑞普瑞德说，这话让他的注意力稍稍分散了一会儿，"为什么这么说？"

"因为我也是个愤怒者。"格雷戈尔说。

瑞普瑞德大笑起来，他不能自已，摔了个跟头。其他老鼠也哈哈大笑着。格雷戈尔不想站起来。"是真的。"他看着洞顶说，“傻奇提普说他在我身上也闻到了那个气味。你可以问阿瑞斯。”

没人问阿瑞斯，他们正忙着笑成一团。老鼠就是这样，要是你给他们讲了一个不错的笑话，他们便能尽情地享受其中的乐趣。终于，瑞普瑞德整理好情绪，扫了扫尾巴，让其他老鼠退下了。“走吧。”他说，“我来对付他们。”

“行了，愤怒者。”等老鼠们都走光后，瑞普瑞德开口了，“跟我说说都发生什么了，不要遗漏任何细节。在我们结束了那堂糟糕的回声定位课之后……”

“在那之后我碰到了尼莉莎。”格雷戈尔说。他把一切都告诉了瑞普瑞德：萤火虫，乌贼的触须，将傻奇提普救出漩涡，潘多拉在小岛上丧生，还有大杯口的巨蛇，之后在洞穴里避难。说着说着，他发现自己都不想再提了。

“是的，当时你们一共有六个人，其他人呢？”瑞普瑞德问。

“他们失踪了。”阿瑞斯在明确格雷戈尔不准备说话后，替他答道。之后，蝙蝠便接过话头，详细地向瑞普瑞德描述了他们是如何分开，傻奇提普是如何领着他们直到撑不住倒下了，以及金片儿和斯奈尔是如何相互厮杀，格雷戈尔是如何将灾星带走的，“后来，我们就在这儿了。”

瑞普瑞德若有所思地看着他们。“所以就剩你们了。就你们俩。”他说，“对于发生的一切，我感到很抱歉。”

瑞普瑞德就是这样，一分钟前还想杀死你，一分钟后他似乎变得善解人意起来，让你觉得你根本不需要卷成一个小球，静静等死。

“格雷戈尔，我好奇地问一句，要是我不准备把这个小崽子杀死，你希望我会对他做些什么？”瑞普瑞德问。

“我觉得你可以，嗯，把他抚养大。所有人都害怕他长大之后会变成什么。要是他落到了斯奈尔手上，日后一定会变成一个怪物。但要是由你来照顾他，他说不定会好好地长大。”格雷戈尔说。

“你想让我做他的爸爸？”瑞普瑞德问。他好像没听清楚一样。

“做爸爸不行的话，至少做他的老师吧，你可以找个其他老鼠来做他的家长。”格雷戈尔说，“做十八年，到他成年吧！”

“啊，看来你对老鼠明显缺少了解。”瑞普瑞德说，“那边的那个小绒球只需要再等一个冬天，就会长成一只成年的老鼠。”

“但是……他还是个小宝宝。”格雷戈尔说。

“只有人的生长速度才那么缓慢。”阿瑞斯说，“这是人类的一大缺陷。地下王国其他生物的生长速度都和老鼠一样，有的甚至更快。”

“但你们怎么在这么短的时间里教会小老鼠他该学的东

西？”格雷戈尔问。

“老鼠的学习速度也比人类快。但老鼠真正需要学会的是什么？吃喝、战斗、找伴侣，以及憎恨只要不是老鼠的生物。学这些东西花不了多长时间。”瑞普瑞德说。

“但是你知道很多其他的东西。”格雷戈尔说，“你甚至知道地上发生了什么。”

“嗯，我晚上经常花不少时间去你们的图书馆看书。”瑞普瑞德说。

“你到地上来看书？”格雷戈尔惊奇地问。

“有时吃，有时看，看我的情绪咯。”他说，“好了，地上人，你可以把这个小崽子交给我。我不会杀他的，但我也不能保证能教给他很多东西。你要知道，你这么做，到了王之城是要付出惨重代价的。”

“我不在乎。”格雷戈尔说，“要是他们再这么逼我帮他们干活的话，他们可要好好想想了。”

“就该这样，孩子。你是愤怒者，不要让他们牵着你的鼻子走。”瑞普瑞德说。

“我是个愤怒者。”格雷戈尔腼腆地说

“我知道。只是有两种愤怒者，一种是新手，还有种是身经百战的老兵。你是……”瑞普瑞德问。

“第一种吧。”格雷戈尔说，“我连剑都没有。”

“回声定位法练得怎么样了？”瑞普瑞德问。

“还不行。”格雷戈尔说，“我的技术很臭。”

“你一定要继续练习，因为在我看来，你是个信心很足的人。”瑞普瑞德说。

“好吧，瑞普瑞德。”格雷戈尔累得都没力气和他争辩这毫无意义的回声定位法，“你能料理好他吗？我指的是灾星。”他站起来说道。

“要是他和他妈妈一个脾气，我可有得忙了。”瑞普瑞德说，“但我会尽力的。”

格雷戈尔走到小老鼠身边，拍了拍他的头，说：“你照顾好自己，听见了吗？”灾星在他的手上蹭了好几下。

“等我们走了，把这个给他。”格雷戈尔说着，将剩下的那条糖果递给了瑞普瑞德，“到时候会帮上忙的。阿瑞斯，准备好了吗？”

阿瑞斯拍打着翅膀，格雷戈尔爬到了他的背上，“哦，对了，还有傻奇提普。要是她能回来，你会允许她留下来的吧，是吗？”

“哦，亲爱的，你没有喜欢上傻奇提普吧？”瑞普瑞德说。

“在老鼠里，她算是我最喜欢的。”阿瑞斯说。

瑞普瑞德笑了，“只要她能拖着后腿爬到这儿来，我就让她留下。高飞吧，你们俩。”

“像河水一样奔跑吧，瑞普瑞德。”格雷戈尔说。

他们升到了空中，格雷戈尔扭头往下看，只见灾星正坐在瑞普瑞德身边，吃着那条糖果，甚至就连包装纸也一起咽下去了。

也许，最后一切都会迎刃而解。

# 24

他们飞了一会儿后，格雷戈尔突然想起阿瑞斯在隧道里走了那么久后都没休息过。“你想找个地方打会儿盹吗？”他问道，“我来放哨。”就在说话的当儿，格雷戈尔也打了个哈欠。他也没怎么睡觉。

“我清醒得很。”阿瑞斯说，“你为什么不趁我们飞的时候睡会儿？等我需要休息时我再把你弄醒。”

“好的，多谢了。”格雷戈尔张开身体，躺在了阿瑞斯的背上。他的皮毛很潮湿，闻起来有股臭鸡蛋味，但格雷戈尔的身上也好不到哪儿去。皮毛下面就是阿瑞斯温暖的身体，格雷戈尔闭上眼睛，渐渐忘记了一切。

阿瑞斯让格雷戈尔足足睡了六个小时才把他唤起来，然后他们在一个高高的山洞里安营扎寨。蝙蝠给格雷戈尔抓了几条鱼,之后他就立马昏睡过去。

格雷戈尔拿起一条鱼,用牙齿扯掉一块鱼皮,咬了一口生冷的鱼肉。之前霍华德吃鱼的时候,都会用刀把鱼刮得干干净净的,还特别仔细地将鱼肉从鱼骨上剔下来。但格雷戈尔此时没刀也没剑,干净不干净还重要吗?他弓着身子蹲在石板上啃着鱼,觉得自己就像落进了时间虫洞里,变成了一个穴居人——忙着将生肉撕开,把维持生命所需的热量吃进肚子里。那样的日子肯定不好过,当然了,他自己现在也不是在享受什么美味野餐。

他渴望吃一顿丰盛而肥美的大餐。比如科尔马奇夫人的意式面片——里面放了足够的奶酪、酱汁和面条;盖着一层厚厚糖霜的巧克力蛋糕;还有土豆泥和肉汁。格雷戈尔嘴里不停嘟哝着,又从鱼身上撕下一块又冷又硬的肉。他想,只要人一饿肚子,上万年的进化作用都会化为乌有。

格雷戈尔在裤子上擦了擦双手,往后一躺,靠在了大石头上。他不由自主地盯着手电筒的光,用那小小的光亮照亮了这个又大又暗的地方。他的电池就快用完了,要是电池没电了,能不能离开这里就全靠阿瑞斯了。他在开什么玩笑呢,他不知从什么时候开始就已经完全依靠他了。事实上他们的关系并不公平,百分之九十的时候,都是阿瑞斯在给他保护。格雷戈尔觉得他这个结合做得非常不称职。

“赶快别瞎盯着手电筒卡看了,好好看看周围有没有什么情况!”他暗自提醒着自己。他受够了自己,拿着手电筒扫视了一圈周围的岩石。没什么动静。尽管如此,他还是必须提高警惕,值好这个班。霍华德提到过有几个能让大脑保持清醒的小技巧。格雷戈尔在心里默背了一会儿乘法口诀,好像有用。接着他开始回忆美国五十个州的首府,只过了一会儿这方法就失效了——毕竟才五十个名称嘛。最后,他强迫自己开始计算一直刻意躲避的东西:他到地下王国来已经有多少天了。

要想算出具体天数,简直比登天还难。他在王之城待了两天不到,就起航向水路进发了,这点他很确定。他想起有人似乎说过,要花五天时间船才会行驶到拉比瑞斯,那就算五天吧。后来又过了一两天,他遇到了瑞普瑞德。那一共是九天?还是十天?

他的家人一定急坏了。他应该会在圣诞节期间回家——一个人,没有小靴子,永远也没有她了。

格雷戈尔想到这儿,又重新背诵起乘法表来。

阿瑞斯睡醒后,他们又大吃了一顿生鱼肉,就赶紧起飞了。接下来的一两天,他们都是按照这个方式度过的。阿瑞斯飞的时候,格雷戈尔就在他背上睡觉;阿瑞斯睡觉的时候,格雷戈尔就在一旁放哨。直到最后格雷戈尔终于听到了盼望已久的话，“地上人，我们到了。”

他们悬停在半空中。格雷戈尔坐直了，揉揉眼睛。眼前的火光比之前几天的都要强烈。他从阿瑞斯的背上滑了下来，站在抛了光的石质地板上，打量着周围。他们已经在圣殿了，但里面却空空如也。离他们不远的地方，他听见了音乐的奏鸣声。

“大家去哪儿了？”格雷戈尔问。

“我不知道，但要是有音乐的话，一定代表着现在在举行什么聚会。”阿瑞斯答道，“我觉得音乐声是从王座大厅传来的。”

他们穿过几条走廊，来到一间巨大宫殿的门口，格雷戈尔从来没来过这儿。这里的地板稍稍倾斜，就像电影院一样，里面摆满了一排排的石凳。大厅里面挤满了蝙蝠和人，人们的穿着打扮看上去要比平时光鲜许多。好多人手里拿着用布包裹起来的物品，上面还装饰着蝴蝶结。礼物吗？也许是吧。大家的注意力都放在殿厅尽头的大石质宝王座上。尼莉莎正端坐在上面。

他们为了应付今天这个大场合，专门给她打扮了一番。她那头乱蓬蓬的头发被扎成了优雅的辫子，一层层叠在头上。一件剪裁漂亮、镶嵌着珠宝的长袍宽松地披在她那骨瘦如柴的肩膀上。维库斯站在他身后，做着演讲，紧接着将一个金色大皇冠放在了她的头的上方。在这样的时刻，尼莉莎和维库斯居然都看起来十分悲伤，这实在难以想象。

“发生什么了？”格雷戈尔低声问道。

“加冕礼，他们正在给尼莉莎加冕，她现在是女王了。”阿瑞斯轻声答道。

卢克萨说得没错。要是她死了，尼莉莎将接受加冕礼，而不是维库斯和他家的人——至少现在还没到时候。

“也就是说霍华德和那些家伙已经回来了。”格雷戈尔说。要不他们是怎么知道卢克萨的死讯的？

“也许吧。”阿瑞斯说。

要是马雷斯活下来了，此时他应该躺在下面的医院里。霍华德和安德罗美达至少应该在这儿啊。格雷戈尔仔细地观察了一下大厅内部，但并未发现他们的踪影。

维库斯结束了演讲，将那个皇冠戴在了尼莉莎的头上，松开了手。尼莉莎瘦弱的脖颈在皇冠的重压下不自觉地向前弯曲着，格雷戈尔突然觉得，此时此刻，她实在不适合在这个暗流汹涌的地方出任女王。无论她的精神状态是否稳定，也不管她到底看不看得到未来，眼前的问题是，尼莉莎实在太瘦弱了，以至于她在戴了王冠后连头都昂不起来了。突然，卢克萨戴着金色头带的样子在格雷戈尔面前一闪而过。不管卢克萨想不想做女王，格雷戈尔都打心眼里觉得她绝对能胜任这个工作。可惜，她现在已经不在了。

霍华德想的没错。他们的确应该让维库斯做国王,他一定会成为一个好的领头人。他既聪明,又懂外交手段,看起来也不会像是个会让大权旁落的人。

尼莉莎抬起双手,扶住皇冠,努力抬起头来,她的眼神此时偏偏落在了格雷戈尔身上。她脸上出现一个诡异的表情,接着便昏死了过去,摔倒在地板上。皇冠落在石头上,哐当一声,滚落到一旁。

人群中出现了一阵巨大的骚动。人们立马拎来一副担架,把尼莉莎抬走了。站在下面的地底人发出阵阵议论声,还有好多人不停地摇着头,也许他们从一开始就反对尼莉莎出任女王。接着有人发现了一旁的格雷戈尔和阿瑞斯。由于他们俩刚刚一直站在门口,再加上大家的目光都聚焦在加冕礼上,所以没人注意到他们。一时间成百上千张脸同时调转过来,看着他们,大声地向他们述说心中的疑问。这时,格雷戈尔看见维库斯在远处向他招手,示意他过去。格雷戈尔真不想在这样的环境下把灾星的故事披露给大家。他原本只想把整个经过告诉维库斯一个人,然后就直接回家。但此时的他已经没有选择了。

格雷戈尔和阿瑞斯沿着走道走向维库斯,人群分开,喧闹声逐渐消失。等到他们走到王座边,所有人都屏气凝神起来。

“欢迎你,地上人格雷戈尔,阿瑞斯,我们很高兴看见你们还活着。你有什么消息要告诉我们吗?”维库斯问道,“你们找

到灾星了吗？”

“我们找到了。”格雷戈尔答道。

地底人中又一次爆发出热烈的讨论声。维库斯示意他们安静，“你消耗尽他的光了吗？”

“没有，我们把他带给瑞普瑞德了。”格雷戈尔说。

人群难以置信地安静下来，接着所有人都疯狂了。格雷戈尔看着那一张张脸——不论是人还是蝙蝠，此时他们的脸都因愤怒而扭曲了。边上的人敲打着他的头，他抬起手摸了摸头顶，发现头破了，手上全是血。一个华丽的小水晶罐被扔到了他的脚下，这应该是送给新女王的礼物吧。更多的物品像雨点一样向格雷戈尔袭来。墨水罐、大勋章、高脚酒杯……这些东西都有一个共同点——都是用石头做的。格雷戈尔意识到，不论这些礼物的雕工有多精美——你都可以称他们是无以伦比的艺术品——都改变不了阿瑞斯和他自己快被石头砸死的命运。

阿瑞斯试图将格雷戈尔与这帮暴徒分开，但收效甚微。人和蝙蝠拼命向这边涌来，把这对结合挤到了后墙上。所有的声音都在宣布他们的死亡。

格雷戈尔想起了瑞普瑞德的话，“你要知道，你这么做，到了王之城是要付出惨重代价的。”那老鼠当时应该说得更具体些！

在喧闹的嘈杂声中，格雷戈尔听见了号角吹响的声音，听到这个声音，人群纷纷向后退去。一队护卫围着他们形成了一个半圆。格雷戈尔和阿瑞斯就这么被护送着，离开了殿厅。

“跟我们来。”一个看上去像是管事的女人对格雷戈尔说道。他立即照做了，能离开那帮暴徒他开心都还来不及呢。

他们走下一级级台阶，最后到达了宫殿深处一个非常安静的走廊里。女人为他们打开一扇石门，格雷戈尔突然觉得有些不对劲——宫殿里很少有地方有这样的门。

格雷戈尔和阿瑞斯走进亮着火把的房间里，石门在身后应声关起。房间里传来有东西滑行的声音。“我们在哪儿？”他问阿瑞斯，“这是不是一个能保证我们安全的特殊房间？”

“是一个让别人免遭我们伤害的房间。”阿瑞斯说，“这里是地牢。我们因为重度叛国罪被监禁在这里。”

“什么？”格雷戈尔问道，“因为什么？”

“叛国罪，我们犯下了对王之城极其不利的重罪。”阿瑞斯说，“你刚才没听见指控声吗？”

格雷戈尔什么都没听见，耳朵里只有人们疯狂喊叫的声音。

“哦，老天啊！”他用拳头猛力敲打着门，“放我出去！我要和维库斯谈谈！”没人回应他。用去手敲石门实在太痛了，于是他很快便放弃了。

他转身看着阿瑞斯,“叛国罪,是吗?这下可好了。要是我们真的有罪会怎么办?被流放,还是怎么的?”

“不,地上人。”阿瑞斯说,“犯了叛国罪,是要被判处死刑的。”

# 25

“死刑？”格雷戈尔过了好一会儿才反应过来，“你是说……因为我们没有杀死灾星，现在他们要让我们死？”

“要是他们裁定我们犯了叛国罪的话，结局就是这样。”阿瑞斯说。

“谁来给我们定罪？”格雷戈尔问道，心里暗自希望是维库斯。

“一帮法官组成的特别法庭。但最后的判决必须得到女王的认可。”阿瑞斯说。

“那就好了，卢克萨才不会……”这话刚出口，格雷戈尔就想起来现在的女王是尼莉莎了，她会怎么做真不好说，“尼莉莎会让他们杀死我们吗？”

“我不知道。自从我让她的哥哥摔死后,就再也没有见过她了,”阿瑞斯说,“我无法面对她。”

格雷戈尔靠着墙滑坐下来,一屁股坐在地上,他完全呆住了。他冒了那么多险,为了这帮人失去了那么多,现在他们却要杀死自己?

“对不起,地上人。我不应该带你回王之城,这个结果我早就该料到。”阿瑞斯说,“这都是我的错。”

“不是你的错。”格雷戈尔说。

“我本以为我们很有可能被流放,然后我就能载着你飞回家了。反正我的处境已经和被流放差不多了,再来一次又有什么关系?但是叛国罪……我没预料到他们会给我们判这么重的罪。他们之前从未审判过地上人,像你这么年轻的也没有过。”阿瑞斯前后摇晃着,似乎更像是在自言自语,而不是和格雷戈尔谈话。“我不能让这一切发生!我已经失去了一个结合,不管他当时的意图是什么,都改变不了我让亨利丧命的事实。我不会再让地上人死,不会的——等等!我有了主意!”阿瑞斯转头面对格雷戈尔,眼睛四处打量着,计划似乎渐渐在他心里成形,“我就告诉他们这一切都是我的主意,是我阻止你杀死灾星……我……我还偷走了你的剑……没错!这样一定行,反正你最后也是两手空空地回来的。后来我强迫你把灾星送给瑞普瑞德,我和老鼠成了一伙!他们会相信我的话的……反正在这里大家都恨我,都不信任我!”

格雷戈尔难以置信地盯着阿瑞斯看。阿瑞斯真的觉得他会同意这个计划吗?“我不会让你那么做的!我是说,事实和你的故事都是相反的!是我不愿意杀死灾星,是我要把他带给瑞普瑞德的。要是要判无罪,那无罪的应该是你!”

“帮不了我的,地上人,不管怎么样我都会死,这就是他们希望的。我们还有希望救你啊,想想你的家人。”阿瑞斯恳求道。

格雷戈尔的脑海里出现了一幅很可怕的画面:先是小靴子没了,现在又轮到了他。但他不能就这样把阿瑞斯抛入虎口。他的家人一定不会赞成他说谎,让阿瑞斯替他受过。“不可以。”格雷戈尔坚决反对。

“但是你……”阿瑞斯开口了。

“别说了。”格雷戈尔说,“我不会那么做的,阿瑞斯。”

“那我们两个都得死!”阿瑞斯愤怒地说。

“那就死吧!”他们俩坐在那儿,苦恼了一分钟,“那他们会怎么做?”格雷戈尔问道。

“你不会喜欢的。”阿瑞斯说。

“嗯,也许吧。但还是提前知道的好。”格雷戈尔说。

“他们会把我的翅膀绑在一块,再把你的手给捆上,然后把我们从悬崖上扔下去,那悬崖下面全都是乱石。”阿瑞斯说。

这是格雷戈尔重复做了好多次的噩梦。自打他记事起,就一直在做这同样的梦。从一个地方落下去……摔在地面上……亨利就是那么死的。戈杰国王和他的老鼠们也是这么死的。他亲耳听见了他们摔下去时发出的恐怖的尖叫声，也亲眼看见他们的身体砸在石块上开了花的惨状。

有那么一会儿，格雷戈尔甚至对阿瑞斯之前说的一切让他来扛的提议动了心。但他不能那么做。

地牢门上的一个小活板门被推开了，两碗食物从门里递了进来。砰的一声,小门又关上了。

在这样的情况下,似乎他们应该没有胃口才对,但格雷戈尔一闻到食物的香气,胃就开始咕咕作响了。

“你想吃吗？”他问阿瑞斯。

“我觉得我们都应该保存力量。”蝙蝠说道,“说不定会有逃跑的机会的。”

碗里放着类似粥的食物,还有一块面包。尽管碗里放着的并不是地球上最诱人的食物，但相比格雷戈尔吃了好几天的生鱼肉,这味道实在是美妙极了。格雷戈尔将食物狼吞虎咽般地吃完了,感觉好了点。虽然现在他们受到了指控,但并不意味着他们一定会被判有罪。也许特别法庭的法官们在听到他的经历后,说不定会理解的,之后还有尼莉莎……

“不管法庭做了什么裁决,只要尼莉莎愿意,她都会让我们活命？”格雷戈尔问道。

“是的，她能饶我们一命。但是地上人，亨利毕竟是因为我才死的。”阿瑞斯说。

“是的，但你知道她跟我说过什么吗？她告诉我，她觉得亨利最好的下场就是死亡。因为如果他不死，其他人就会丧命。”格雷戈尔说。

“是吗？”阿瑞斯说，“她一定经历了无数个黑暗的夜晚才得出这个结论。”

“她真的能看见东西吗？我是说，看见未来？”格雷戈尔问。

“是的，她可以看见。我以前亲眼见过。但她年纪太小了，这个天赋一直折磨着她。她看见了很多她无法理解的东西，还有很多让她害怕的东西。有时，她还会怀疑自己的心智是否还正常。”阿瑞斯说。

格雷戈尔没法对这话作出回应，他自己都无法肯定尼莉莎的精神状态是否正常。

门被推开了，护卫们走了进来。“听证会的时间到了。”一个头头模样的人说道。

当地底人把格雷戈尔的双手绑在身后时，他最后一线逃跑的希望也熄灭了。阿瑞斯的翅膀被一根绳子紧紧捆在了身上。一切看起来都像是在为他们走向刑场做准备。现在万事俱备，只缺悬崖。

几名护卫将阿瑞斯架在肩膀上，快速往前走去，格雷戈尔跟在后面。一行人按原路返回，离开地牢，向宫殿的另一边走去。

他们走进一间审判室。这儿看起来非常专业、正式，并不是上次地底人威胁要流放阿瑞斯的地方。一张长长的石桌前摆着三把椅子。“那应该是法官坐的地方。”格雷戈尔心想。在中间那把椅子的正后方，有一块高出地面的平台，上面放着王座。正对石桌的右侧设置了一个石制立方体，要走过三级台阶才能上去。这样的安排不仅是为了让法官看清楚那边的情况，更可以让坐在旁边七排座椅上的观众看个究竟，座椅一层比一层高，最后一层几乎碰到了天花板。看来那是让被告给自己辩护时站的地方。

房间里的每张椅子上都坐满了蝙蝠和人，咄咄逼人地看着格雷戈尔和阿瑞斯，眼神里满是厌恶，但都保持着诡异的安静。不过这至少要比所有人尖叫、扔东西要好。格雷戈尔在旁人的引导下，走到了桌子前面的空地上，紧接着护卫把阿瑞斯放在他旁边。他们站在格雷戈尔和阿瑞斯前面，盯着那张空桌子看。一阵脚步声传来，格雷戈尔转头一看，发现霍华德和安德罗美达正站在自己身后。他们也都被绳子束缚着，看起来精神非常不好。

“你们到这儿干吗来了？”格雷戈尔惊奇地问道。

“我们，也要接受审判，叛国罪。”霍华德的声音十分粗哑。

“为什么？”格雷戈尔问道，“你们甚至都没看到灾星！”

“这恰恰就是原因。”霍华德说。

听到这话，格雷戈尔明白了他的意思。霍华德和安德罗美达因为没有完成他们的使命而接受审判——都怪他们带着马雷斯回到了王之城。

“但是，”格雷戈尔不死心，“是我让你们回来的啊！”

“没有人让我做任何事。”霍华德说，“我回来是因为我自己想这么做。”

“嗯，我不是这个意思。”格雷戈尔说。他猛然发现自己的决定置这么多同伴于危险中，一时竟不知所措起来。最后，他暗下决心，不能任由一切就这么继续下去。

一扇侧门开了，一名老人和一只同他一样衰老的白色蝙蝠进来了。几分钟后，一名上了年纪的女人也拿着好几卷卷轴走了进来。他们坐在了桌边。那女人坐在中间的位置，看来她是主审。她瞄了一眼背后的王座，对一名护卫说了些什么。

“我们要等尼莉莎女王吗？”她问道。

“他们现在正在检查她是否已经恢复意识，大人。”护卫说道。

女人点点头，但格雷戈尔听见人群中涌起了一阵讨论声，他们应该在说新女王身体太弱了吧。主审瞥了他们一眼，观众席上立刻安静下来。格雷戈尔有种感觉：不管她是谁，自己的命运都被她捏在手里。

好几分钟过去了，什么都没发生。法官们一直都在忙着查看卷轴。

格雷戈尔的手腕被绳索勒得很痛，只好不时将身体重心在左右间来回转换，以求减轻疼痛感。他想知道，要是此时请求他们将绳索砍断会不会违反什么法庭规定。管他呢，至少值得一试。

“劳驾，法官大人。”他开口了。所有的法官都惊奇地看着他。

“怎么了，地上人？”女人问道。

“你能给我们松绑吗？我的手都快没知觉了。”格雷戈尔说，“绳索正好压在了乌贼吸盘给我留下的伤口上。还有阿瑞斯的整个后背都被食肉螨虫咬伤了，你看不见，但正是那些螨虫杀死了潘多拉。霍华德和安德罗美达的状况也一定好不到哪儿去。”

就算法官不答应格雷戈尔的请求，他也为自己把这番话说出来感到高兴。他想让他们都知道——这些挤坐在椅子上的笨蛋，等着宣判他死刑结果出来的笨蛋——他、阿瑞斯、霍华德和安德罗美达为了他们差点丢掉性命。想到这儿，他突然等不及要为自己辩护了。

“松开被告。”主审官说完，又埋头看起了卷轴。

观众席上无人敢提反对意见。一名护卫将他们的绳索一一砍断。格雷戈尔搓揉着手腕，往后一看，发现霍华德也在做同样的动作。

“马雷斯挺过来了吗？”他问道。

说到这儿，霍华德的脸上总算出现了一个稍纵即逝的笑容。“是的，他会好起来的。”

“真不敢相信，在被大蛇袭击之后，你居然让他活下来了。”格雷戈尔说到“大蛇袭击”这几个字时故意提高了嗓门，好让所有人都听见，随后他赶在别人让他闭嘴之前，把头又转了回来。就在这时，一名护卫急匆匆地跑了进来，对着主审官一阵耳语。

“很好。”主审官说，“那我们就开始吧。”她清清嗓子，把一系列针对被告的指控读了出来。那用词真是相当复杂，但似乎一切矛头都指向了格雷戈尔没有杀死灾星这一事实，其他人也都是因为这个缘故被迫接受了审判。

“现在我们将针对这些指控一一进行审判。”主审官在读完了长长的指控后，抬起头说道。

“我能先说话吗？”格雷戈尔没能控制住自己，嘴里溜出这么一句话。但突然他明白自己必须这么做。他感觉到霍华德、阿瑞斯，甚至安德罗美达已经开始觉得自己是有罪的了。要是让他们走上去做辩护，一定说不了什么。而他则对这整件事的公正程度持绝对的怀疑态度。

“地上人,”主审官声音坚决地说,“在审判时大声喊出自己的要求不符合我们的习惯，特别是在今天这种庄严的场合下。”

“对不起。”格雷戈尔说道,但他并没有垂下头,或者移开眼神,“要是我有问题的话我该怎么做,举手可以吗？嗯,我没有律师什么的,是吗？”

“举手就够了。”主审官完全不理会他那个关于律师的提问。

格雷戈尔之前也想过举手询问能不能第一个发言的事，但他觉得这样做太过谄媚。最后,不知是因为原来就这么安排的，还是因为格雷戈尔较为积极的态度，他被第一个叫了上去。他爬上台阶,走到石台前面。这里设计得十分精巧,可以让所有人都能看清被告任何细微的表情变化,以及肢体动作,格雷戈尔突然觉得自己的遮羞布好像被扯下了一样。

格雷戈尔本以为自己会受到各种问题的轰炸，就像以前在电视上看过的那种一样。但法官们只是安坐在椅子上,看着他。

“跟我们说说吧。”主审官说,“跟我们说说你这一路的经历。”

这问题给他一点启发。“你想……让我从哪儿开始说？”

“从你乘船离开王之城的那天起。”主审官说。

于是他照做了。他把整个故事原原本本地讲了出来。只要一有机会，他就着重渲染一下其他正在接受审判成员的勇气。当说到大杯口那段经历的时候，他说："是我让霍华德走的。他没有选择。他要随我们一起继续前进，我强烈反对，并以要和他决斗相威胁，这样一来，安德罗美达也必须接受决斗。他们就这样回去了。既然我背负着杀死灾星的使命，他们又怎么能冒险伤害我呢？"

"那你为什么不想让他们继续做你的同伴？"年迈的蝙蝠法官问道。

格雷戈尔被这话问到了，一时间竟不知如何回答，"因为……我不知道……因为我必须把马雷斯送回去，这是一个重要原因。还有我想我也不愿让这么多人一起走进迷宫里。我需要让我的家人知道我妹妹的消息……要是我回不去的话，他们也需要了解发生在我身上的事。还有因为……因为……"他的思绪一下子又回到洞穴里，想到了那阵席卷全身的冰凉，"因为灾星是我的。"

听了这句颇为傲慢的话，所有列席的人和蝙蝠都不由得大吸一口凉气。

"这话是什么意思，什么叫灾星是你的？"蝙蝠问道。

"消灭他是我的使命。你们的预言就是这么说的，不是吗？我不应该是杀死他的人吗？到最后，一切都成了我的工作。"格雷戈尔说，"我想带谁进入迷宫也应出自我自己的意愿——不是你们的。”他停了停，又继续说道，“不管怎么样，要是你们就因为霍华德和安德罗美达回来了就杀死他们，那和谋杀没什么区别。这将是非常不光彩的行为。”

格雷戈尔向其他同伴站的地方看去。安德罗美达的神情变得很难读懂，但她的翅膀轻轻摇晃起来。霍华德张着嘴，默默地说了几个字。格雷戈尔很确定他说的是“谢谢。”也许他这番据理力争很有说服性，说不定能让他们集体活命。

“继续说你的故事，你和同伴们分开后又发生了什么？”主审官问道。

格雷戈尔做了一个深呼吸。这部分的故事要讲起来难度就更大了。他从进入拉比瑞斯开始讲起，说到他不得不将傻奇提普留下自己继续走、找到圆锥形的洞穴、亲眼目睹了金片儿和斯奈尔的血腥打斗场面。观众席里又是一阵骚动。格雷戈尔猜测他们正在为斯奈尔的死而高兴。

就在此时，尼莉莎出现在了门廊里。她正依靠着维库斯的胳膊，加冕礼时穿的礼服歪斜在身上，发辫松散着。她的头上甚至都没有了类似王冠的东西——没有冠状头饰，没有金色头带。她的眼睛一直眯着，好像处于强光照射下一般。

在维库斯和两名护卫的帮助下，她勉强坐到了王座上。她的身体轻微颤抖着，即使她现在正好端端地坐着，却总给人一种她随时都会栽倒在地上的感觉。

“尼莉莎女王,您的身体可以参加此次审判吗?”主审官没有感情色彩地问道。

“哦,是的。”尼莉莎说,“我以前就看到自己到过这儿,只是不知道结果怎样。”

就是这样的话让所有人都觉得她已经疯了。也许应该有人告诉她不要总把自己看到的未来说出来,藏在心底就好了。

“罪名是叛国罪吗?”尼莉莎怀疑地问道。格雷戈尔意识到她完全不知道发生了什么。

主审官缓慢地说:“是的,被告因叛国罪正在接受审判。”

尼莉莎盯着墙上一块空白的地方看了一会儿,又摇摇头说:“原谅我吧,我才刚刚醒过来。”

“您可以让我们继续审判进程吗?”主审官问道。

“哦,没事,请继续吧。”尼莉莎说。她抓着裙子的手搅成一团,把裙子拉到了膝盖上面。一条辫子从发饰上弹了出来,落在了脸旁边。

主审官越过尼莉莎的肩膀看着维库斯,维库斯躲避着她的眼神,假装忙着把自己的风衣搭在尼莉莎的肩膀上。

尼莉莎女王给了他一个微笑,说:“真希望我现在能喝点汤。”

“哦,上帝啊。”格雷戈尔心想,她这样可对他们的案件一点忙都帮不上。

主审官转头看着格雷戈尔，说:“那么在噬咬者金片儿和斯奈尔的争斗之后,又发生了什么事？”

格雷戈尔努力将思绪拉了回来,“哦，之后我们听到了从隧道里传来的抓挠声,我们知道灾星就在那儿。但隧道太小,阿瑞斯飞不进去。所以我不得不离开他,自己下到隧道中去。当时我已经做好了杀死灾星的准备。可当我找到灾星后,他居然哭个不停,大喊着要妈妈。我没想到,自己要面对的灾星,居然是只老鼠宝宝。可我明明记得你们告诉过我,他是只身高三米的大老鼠啊!我想可能你们自己也不知道吧。但不管他是什么,我都没想到自己要面对的灾星居然是只老鼠宝宝。”

尼莉莎一下子站了起来,惊呼道:“宝宝！”

“是啊,他只是个老鼠宝宝。”格雷戈尔说。他惊奇地发现尼莉莎的思绪居然一直都跟着他。

她跌跌撞撞地走下台阶,蹒跚地来到了石桌边。她的一只手依然抓着裙子,另一只手疯狂地挥舞着。“哦,勇士啊,哦,勇士！”她像疯了一样哭喊道。就在她摇摇晃晃地向格雷戈尔走过来时,他心里在挣扎:要不要抓住她,把她送走？就在她快走到辩护席时,他跳了过去,一把扶住她的肩膀。尼莉莎空着的那只手抓住了格雷戈尔的衬衣领口，他立马感受到了她手指的冰冷。

“哦,你没有杀死他,是吗？”她问道。

“没有,尼莉莎,我没杀他。”格雷戈尔完全糊涂了,“我不能那么做啊!”

尼莉莎听了这话,浑身战栗,重重舒了口气,一屁股坐在格雷戈尔的脚边,如释重负地哈哈大笑起来。

“哦……哦……”她安慰式地拍了拍格雷戈尔的膝盖,“那么我们都被拯救了。”

# 26

尼莉莎坐在地上，疯疯癫癫，笑个不停。

“老天啊，快来人救救这女孩啊！”格雷戈尔心想。

维库斯走上前来，在她旁边蹲下，“尼莉莎，也许你应该多休息一会儿，你是不是感觉不舒服？”

“哦，没有，我好得很。我们都很好！”尼莉莎咯咯笑着，“勇士终于完成了预言里的使命。”

“不，尼莉莎，他并没有成功杀死灾星。”维库斯轻轻地说。

“维库斯，”尼莉莎说，“宝宝活下来，勇士的心就没死，噬咬者没能掌握通往权利的钥匙。”

听了这话，维库斯好像被闪电击中一样。他“扑通”一声，坐在了尼莉莎旁边。

“三明治说的是这个意思？”他说，“我们从来都没想过这点。”

“什么？”格雷戈尔问道。他不知道发生了什么。

“预言里的宝宝不是你的妹妹，格雷戈尔，而是灾星自己。”维库斯说。

“灾星？但灾星如果死的话，我的心怎么也会跟着死呢？”格雷戈尔问道。

“你为什么没有灭掉他的光？”维库斯问。

“因为他还是个宝宝啊。这么做是不对的。”格雷戈尔说，“这是世界上最邪恶的事……我……我是说，要是一个人对婴儿都能下得了手，那他什么坏事做不出来呢？”

“这就是你的心声，这就是你觉得最重要的事。”尼莉莎说。

格雷戈尔吃惊地往后退了几步，坐在了辩护席上。尼莉莎话里的意味让他缓慢地明白了真相。

小家伙离世，他心将死，
最重要的部分也会最终逝去。

整个旅途中最重要的部分就是和灾星在一起的时候，要是杀死了灾星，格雷戈尔也不会再和以前一样了。他会永远地迷失自己。

“你要知道。”维库斯对尼莉莎说，那样子好像房间里只有他们俩一样，“我一直都在为我们诠释三明治预言的方式感到吃惊，等到我们理解了预言的时候……”

“真相就像清水一样清晰。”尼莉莎继续说下去。

维库斯引用了预言诗里的一段，说道：

什么让勇士变得脆弱？

燃烧的噬咬者为何在到处搜寻？

一个咿呀学语的小家伙，

手中却握着地下王国。

“噬咬者一直把灾星看成……”维库斯说。

“一个咿呀学语的小家伙。三明治为了提示我们，甚至用到了‘小家伙’这个词。”尼莉莎说。

“而灾星手中就掌握着地下王国……”维库斯点点头说。

“要是格雷戈尔杀死了他……”尼莉莎继续说道。

“全面战争。”维库斯说，“他的死一定会让他们重新聚集起来。把那个小崽子带给瑞普瑞德这招实在太高明了，格雷戈尔。这样他们就不知道下一步棋该怎么走了。”

“尼莉莎女王，我们要继续进行审判吗？”主审官问道。

尼莉莎抬头看过去，周围的环境好像让她吃了一惊，“审判？针对勇士的审判？现在什么审判都没了！他再次拯救了地下王国！”她扶着维库斯站了起来，发现其他被告正盯着她看。她向他们轻轻笑了一下，但眼神径直投到阿瑞斯身上，“而我将对帮助他的人致以最崇高的敬意。”

阿瑞斯低下了头。他做这个动作可能是在鞠躬致谢，也可能只是因为自己无法正视她的目光。

“愿意和我们一起进餐吗，你们四个？你们看起来饿坏了。”尼莉莎说。这话从她嘴里说出来颇具讽刺意味，但却是一个温馨的邀请。

局势出现了令人难以置信的大逆转，格雷戈尔、阿瑞斯、霍华德和安德罗美达跟在尼莉莎后面，一大队人浩浩荡荡地离开了审判室。她带着大家伙儿进入了一间稍小些的私人餐厅，里面的餐桌最多只能容纳六个人进餐，餐厅的一角设有一处喷泉，水正从上面缓缓地流下来，周围的墙上悬挂着几张老式挂毯。格雷戈尔猜想，这些东西一定是第一批地上人从上面带下来的，因为上面描绘了地上的风景，而不是地下的黑暗世界。这儿真是一个能让人心旷神怡的地方。

“待在这儿的感觉真好！”格雷戈尔说。

“是的，”尼莉莎说，“这儿就是我经常吃饭的地方。”

大家一一就坐。人们将一盘盘制作考究的食物端了过来——肚子里填着谷物和香草的肥鱼，摆成几何图案的精巧蔬菜，正冒着热气、点缀着水果的麻花状面包，一叠叠切得薄如纸片的烤牛肉，还有瑞普瑞德最爱的泡在奶油酱汁里的大虾。每个人面前都摆放着许多盘诱人的食物。

“你们不要误以为我平时吃的也这么丰盛。”尼莉莎说，“这些食物是为了加冕礼准备的。请尽情地享用吧！”

格雷戈尔抓起面包，浸在奶油酱汁里的，狠狠咬了一口。

“很抱歉，我不怎么善于与人攀谈。”尼莉莎说，“我就算竭尽全力也不怎么能谈天说地。更何况现在，我正在为姐姐的不幸遭遇哀悼，这情绪也剥夺了我开口说话的最后一点勇气。”

“我们也和你一样难过。”霍华德悲伤地说。

“是的，我相信在座的诸位也都感同身受。”尼莉莎说。

此话不假。这趟前往拉比瑞斯的旅程，的确给大家留下了各种伤心的理由。格雷戈尔非常庆幸，尼莉莎已经把大家的心里话说出来了，这样一来他们就能继续沉默下去了。

经过好几天饥肠辘辘的煎熬，面对如此丰盛的食物，格雷戈尔早已垂涎三尺，风卷残云般地很快就吃了个干干净净。

待到用餐完毕，尼莉莎立马安排格雷戈尔一行人去医院接受检查。安德罗美达和霍华德自回来后，就没接受过治疗，更别说洗澡了。

“你们是什么时候回来的？”格雷戈尔问道。

“在你们到达前十二小时。安德罗美达真令人吃惊，飞行的途中几乎都没休息过。等我们到达后，他们就把马雷斯送进了医院，而我们就被关了起来。我认识一个护卫，她偷偷地告诉我说马雷斯在逐渐恢复。"霍华德说。

在医院里，刚进去的四个家伙立马就被打发去洗澡了。格雷戈尔身上的臭鸡蛋味让所有人都快昏倒了。自从离开那臭气熏天的隧道以来，他就没怎么注意过这个问题了。他泡在浴缸里，感到身上的伤痛渐渐回来了。

手臂上乌贼吸盘留下的伤口，酸痛无比的肋骨，瑞普瑞德在他头上敲下的肿包，尖锐的石头带给他的擦伤和淤青，以及绳子在手腕上留下的灼烧感——格雷戈尔皱着眉头，勉强擦洗着身体。幸好洗澡水是流动的，要不早就被他的身体染成泥土色了。

医生给他处理了一下伤口。格雷戈尔根本就没有说话的心情，只在人们问他和审判有关的问题时才会开口。等格雷戈尔弄好，发现其他人已经在等他了。

"我想我们都应该休息一下。"霍华德说。

"这么做安全吗？"格雷戈尔问道。

没人回答。他们在王之城的地位还处于一团迷雾中，虽然尼莉莎已经帮他们做了澄清，但格雷戈尔还是觉得人们依然认定他们有罪。

"我有一间大房间，能容纳下我们所有人。那间房子一直都是留着给我家人用的。”霍华德说，“大家待在一起，至少会知道彼此都是安全的。”

他们跟随霍华德来到了那间房间。格雷戈尔很高兴他主动提供了这么个地方，因为他再也不想回到自己曾和小靴子共住的那间房间里去了。

“你的家人呢？”格雷戈尔问道。

“我们出发后，过了几天他们就走了。我想他们现在应该在往这里赶吧，毕竟我……我因为叛国罪受到了审判。”霍华德说。

霍华德的家人在这里有好几间房，这些房都连在一起，就像平层的公寓一样。但最终，大家都选择睡在了一间孩子们用的房间里。霍华德和格雷戈尔的床彼此紧挨着，阿瑞斯和安德罗美达则挤在两张床之间，紧挨在一起睡觉。

“那赶紧睡吧。”霍华德说。

蝙蝠们刚躺下便就进入了梦乡。霍华德则翻来覆去，许久才沉睡去。格雷戈尔却一直不能入眠。

现在又会发生什么？他猜他们应该会放他回家了。应该会很快吧。之后他就必须面对自己的家人了，生活里也就再没有小靴子了。现在想来，他还是觉得非常不真实。但很快他就会切实感受到了——等他回到那套公寓，看着小靴子的床、玩具，还有一纸箱的书的时候。

格雷戈尔突然想到，小靴子的衣服还在博物馆里。他不想把她的东西留在这儿，任由别人翻来翻去。于是他拿过一支火把，离开了霍华德的房间。

好几个护卫都看见他在走廊里走动，但没人阻止他，也没人向他问好，或是说些什么。格雷戈尔感觉到，这里的人还都不知道该怎么对待他，所以便由他去了。

他凭自己的感觉找到了博物馆。就在那儿，在门边，小靴子的衣物被收拾进了一个小包裹里。他把一件衬衣放在鼻子边，闻到了那股甜蜜的婴儿气息，其中还混杂着洗发水和花生酱的味道。这么长时间以来，格雷戈尔的眼里第一次充满了泪水。

“格雷戈尔？”一个声音从他身后传来。

他将衬衣放进包裹里，擦了擦眼泪，看见维库斯走进了博物馆里。

“嘿，维库斯。”他说，“一切都还好吧？”

“议会刚休会了，我觉得在探讨‘灾星预言’的过程中，这样的休会还会发生很多次。我认为尼莉莎的理解是正确的，但其他人还有争议。她的解说在很多人看来都是全新的，但在最后决议下来前，她的话还是有效的。不过结果随时会变，所以我觉得你还是尽早离开为好。”

“我没问题。”格雷戈尔说，“那其他人呢？”

“我相信针对安德罗美达和霍华德的指控已经不成立了。你给他们做的证词相当有说服力。”维库斯说。

“那阿瑞斯呢？”格雷戈尔问。

维库斯叹了口气，“他的风险就大了。但要是他再次面临指控的话，我一定会提前告诉他，好让他逃走。这样他至少能逃过处罚。”

格雷戈尔点点头。他目前也只能奢求这么多了。

“你想带什么东西回去吗？”维库斯指着架子问道。

“除了我们的东西，我什么都不需要。”格雷戈尔说。

“你可以带点东西回去，不是为了你，而是为了你的父母，”维库斯说，“你父亲怎么样……他重新开始教书了吗？”

“没有，他病得很厉害。”格雷戈尔说。

“怎么会这样？”维库斯皱着眉头问道。

格雷戈尔吐露了一大堆爸爸目前的病症。他爸爸的健康不是地下王国从他们身上取走的唯一一件东西。

维库斯试图想再多了解些相关细节，但格雷戈尔无法再说下去了。“嗯，也许我可以拿那只钟。”他指着一个布谷鸟钟说道。那还是上次他在这儿找电池时发现的。他这么说只是为了转变话题，但他心里知道，一定会有人十分喜欢这个礼物。

“我会让人帮你包起来的。”维库斯说。

“太好了，那我现在就去看看阿瑞斯有没有准备好起飞吧。就像你说的一样，我要离开这儿。”格雷戈尔说。他一把抓过衣服，离开了博物馆。说不定维库斯知道和尼莉莎有关的事，但有时人们就是不爱说话。

格雷戈尔向霍华德的房间走去。刚才在博物馆里，他强忍着眼泪，此刻，一下子像决堤的河水一般奔涌而出。算了，在这大哭一场也许要比在父母面前崩溃要好。格雷戈尔对这条路线很不熟悉，向左拐了个弯，又向右转，接着又往回走。他这是到了哪儿了？他的妹妹在哪儿？她刚就在这儿啊，自己手里还有他的衣服，他觉得她还在自己的怀里……小靴子！

格雷戈尔索性不再找回去的路了，把额头靠在石墙上，伤心地哭了起来，任由这疼痛折磨着他。小靴子的形象又跑到了他的脑海里。小靴子坐在滑雪板上……小靴子向他展示她能用单脚蹦来蹦去……小靴子头朝下地看着他，眼睛炯炯有神，他们的前额贴在一起……

两排脚指头，

小靴子有十个理由动动小鼻头，哟！

他甚至能听见霍华德哄她别哭时唱的那首傻傻的童谣。

动动小鼻头，九、十个趾头，

她连词都没唱对，这童谣对她来说太复杂了……

统统洗一遍，变得滑溜溜。

接着她打了个喷嚏。

格雷戈尔抬头看去，这没道理啊。他又听见了第二声打喷嚏声。不是他脑子里的声音，是从宫殿里传来的。他连忙拔腿狂奔起来。

两排脚趾头，

现在有两种可能，要么是格雷戈尔完全发疯了……

小靴子有十个理由动动小鼻头，哟！

要么这声音是真的！他冲进了下面的大厅里，撞在墙上，两名士兵对他喊话，让他赶快停下来。但他没有理会他们。

动动小鼻头，九、十个趾头，

格雷戈尔听着最后一句歌词，冲进了那间房间里。

统统洗一遍，变得滑溜溜。

小靴子正坐在地板上，六只大蟑螂围在周围。她用双手揉搓着脚趾头，教他们怎么洗脚。格雷戈尔跌跌撞撞地走进房间，一把抓住她的胳膊，紧紧地把她抱在怀里，一个快乐的尖叫声传入他的耳朵，“嘿，格——格，是你啊！”

# 27

“嘿，是你啊。”格雷戈尔说道。他心想，这辈子都不要再失去小靴子了，“哦，你好啊！你都去哪儿了，小丫头？”

“我去游泳了，骑骑，还飞飞。”小靴子说。

“好啊，很好。”格雷戈尔笑道，“听起来很不错。”他必须要问问其他人都发生什么了。“嘿，太普。”他说着便看向其他的蟑螂，接着就意识到有什么地方不太对劲。在他面前站着的是六只长着两条完美触须的蟑螂，都有六条完好无缺的腿，没有一个是太普。

“太普呢？”他问道。那六对触须立马垂了下来。

“我们不知道，我们不是。”一只蟑螂说道，“我是潘德。”格雷戈尔转了个圈，把所有东西都看了个遍，以确保无一遗漏。

这是一间有着阶梯式平台的房间，顺着走下去可以到达地面。但那里没有太普，卢克萨和欧若拉也都不在。格雷戈尔赶忙抱紧了怀里的小靴子。

就在这时，维库斯急匆匆地跑了进来，身后跟着好几名护卫。他一看到小靴子，整张脸都焕发出光彩来。"他们回来了！"他对格雷戈尔说。

"只有小靴子，维库斯。我很抱歉。"格雷戈尔话音刚落，老人脸上的神采便渐渐暗淡下去。

维库斯看着蟑螂们，说道："欢迎你，潘德。感谢你们把公主送了回来。告诉我们，你可以吗？告诉我们其他人的命运？"他用蟑螂的方式问道。

潘德努力想帮助他，但他们知之甚少，只能大致讲述小靴子获救的经过。一只蛾子——那一定是让小靴子飞飞的生物——背着小靴子飞到了他们的王国。蛾子说，他在死亡之地飞的时候，发现了躲在岩石后面的小女孩和太普。太普身体非常虚弱，已经跑不了多远了。他恳求蛾子把小靴子带回去，交给其他爬虫照料。蛾子和蟑螂一直都是盟友，出于这层关系，蛾子答应了他的请求。当爬虫们得知消息后，派了一队蟑螂来营救太普，但他已经不知所踪了。

"他们提到我的外孙女了吗？"维库斯问道，"女王卢克萨？"

“快跑啊，女王卢克萨说，你们快跑。”潘德答道，“很多噬咬者，当时那儿。太普就说了这么多。”

维库斯伸手揉了揉小靴子的头发。“太普困困。”她说，“他闭眼睛了。我就骑了小飞飞走了。”她看了看四周，“太普呢？”

“他还在睡觉呢。”格雷戈尔说。也许像提克一样睡着了吧，他心想。

“嘘……”小靴子举起一根手指，贴着嘴唇，示意大家安静。

有人喊醒了达尔西特。她跑过来，想把小靴子从格雷戈尔怀里抱走，他有些不愿意。“没问题的，格雷戈尔。我会给她好好洗个澡，之后就直接把她交还给你。”达尔西特说。考虑到对方是达尔西特，格雷戈尔也就松开手，让她们走了。

他跟着维库斯走到餐厅，上次他们一起在这儿吃饭还是和瑞普瑞德在一起。他们俩找了个位置坐下来，格雷戈尔还在试图把发生的一切弄清楚。

“似乎，”维库斯终于开口了，“他们没有死在大杯口。”

“看来是好像没有。”格雷戈尔说，“但是傻奇提普当时很确定地告诉我，说我们中隔着水，他们也没有回应阿瑞斯的呼唤。”

过了一会儿，达尔西特抱着干净得都快发光的小靴子走了进来。维库斯喊人送来食物。格雷戈尔把她抱在膝盖上，她大口大口地吃了起来，最后大概吃了十个婴儿那么多的量。

“小靴子，”格雷戈尔说，“你知道当我们看到大……”他不知道该怎么称呼那些“巨蛇”，他得找到她熟悉的词，“大恐龙时。”

“我不喜欢。”小靴子说，“我不喜欢恐龙！”

“我也不喜欢。”格雷戈尔说，“但还记得我们看见他们的时候吗？他们先把我们打下了船，卢克萨接住了你和太普。你们后来去哪儿了？”

“哦，我游泳！太冷了，我撞到了。”小靴子说着，揉了揉头顶。

格雷戈尔连忙分开她的发卷，查看了一下。他看见她柔弱的头皮上有几处擦痕。她去哪儿了？应该不是在大杯口。“是个大游泳池吗，小靴子？”

“宝宝游泳池。”小靴子说，“我撞到了头。”

格雷戈尔突然记起了傻奇提普指引他们去的那条隧道，那条有一半浸在水里的隧道。要是卢克萨潜进水里，游了过去，那隧道口很快就会被巨蛇掀起的波浪所淹没。也许那就是隔在他们中间的水，说不定在某个时间点他们都被泡在了水里，要不然小靴子就不会说她在游泳了。他们怎么没有沉下去？想到这儿，格雷戈尔记起了那件救生衣。小靴子进来时并没有穿着它，但在大杯口时她还穿在身上的啊。

格雷戈尔把他的想法告诉了维库斯。“是啊，一定发生了那样的事。但那他们不就被困在拉比瑞斯了吗？”维库斯推测道，“小靴子，你看见老鼠了吗？”

小靴子把手放在鼻子上。“嗷！”她说。一开始格雷戈尔还以为她鼻子受伤了，但紧接着，她说，“绷带。不要碰，我不碰它。嗷！”格雷戈尔立马明白了。

“傻奇提普找到了他们，或者是他们找到了她。”他说，“是推齐提坡吗，小靴子？鼻子上还扎着绷带？”

“我才不碰呢，嗷！”小靴子按着她的鼻子，确认了格雷戈尔的想法。

“后来发生什么了，小靴子？”格雷戈尔问道，“你们和傻奇提普一起做了什么？还有其他老鼠来吗？”

“太普背小靴子骑骑。骑得快快！”小靴子说。

他们只能从她身上问出这么多了。

“他们受到了攻击，毫无疑问，是噬咬者袭击了他们。卢克萨让太普带着小靴子跑，她就留下来和欧若拉并肩作战，说不定还有傻奇提普。”维库斯说，“我敢肯定她们的胜算不是很大。”格雷戈尔确定他们的胜算接近于零，但依然努力让自己往积极的方面去想，他说：“嗯，要是他们有傻奇提普，就一定会走出迷宫的，维库斯。或者老鼠也有可能让她们活下来，把她们关了起来。就像对我爸爸那样。我的意思是，毕竟她是女王，她可重要了。”

也许格雷戈尔不该说这样的话。他一想到卢克萨成了他们的阶下囚，老鼠们说不定会对卢克萨做出比死亡还可怕的事情来。不知道为什么,他突然想到了爸爸在噩梦中尖叫着惊醒的样子……

维库斯点点头,但眼里满是泪水。

“最重要的是……最重要的是……我们不知道。”格雷戈尔说,“她们可能会经历很多。但你还记得你想给我的礼物吗？上次我还在这儿的时候？”

“希望。”维库斯低声说道。

“是啊,不要放弃希望,好吗？”格雷戈尔说。

“我吃完了。”小靴子说着,把盘子一把推开,满意地看着盘子“砰”的一声掉在了地上,“我吃完了。”

“嗯,既然你吃完了,小靴子,送你回家怎么样？”维库斯说。

“太棒——啦！”小靴子兴奋地喊道,“我回家！”

“我可以留下来,维库斯。或者我先送小靴子回家,然后再回来帮你找卢克萨和……”格雷戈尔刚说到这儿,就被维库斯打断了。

“不,格雷戈尔。不!要是她们真的已经死了,我们也无能为力了。要是她们成了囚徒，我们要过好几个月才能找到她们的所在地。到了那时候,谁知道又会发生什么呢？这里的人说不定已经推翻了尼莉莎的裁决，要处决掉你。要是我需要你，相信我，我一定会想办法把消息带给你的，”维库斯说，“而现在你一定要回家了。在那儿，你有你自己需要担心的事，不是吗？”

嗯，这话倒是，格雷戈尔不管在哪儿都有一堆要担心的事。

半个小时后，他们穿回自己的衣服，来到了码头。格雷戈尔爬到了阿瑞斯的背上。来送他们的只有维库斯、安德罗美达、霍华德和尼莉莎。

“代我向马雷斯问好。”格雷戈尔对安德罗美达说。

“好的，地上人，他一定也会祝你一切平安的。”蝙蝠说。

格雷戈尔看着霍华德说：“要是你收到了卢克萨和其他人的消息，一定要让我知道啊。我家的洗衣房就在其中一条通道的顶上。阿瑞斯知道是哪条。到时候你就给我留个条子之类的东西，好吗？”

“一有消息我就会传话给你。”霍华德说。

让他吃惊的是，尼莉莎居然把一卷纸卷塞进了他的外套口袋里，“这是预言。这样可以时不时拿出来看看，反思一下。”

格雷戈尔摇摇头，“我觉得我是不会忘记它的，尼莉莎。但还是谢谢你了。”她以为他会拿着这预言纸干吗？带回家加框裱起来？

维库斯递给他一支手电筒，一个布谷鸟钟形状的大包裹，以及一个装着沉重石罐子的丝质大包。“这里面全都是药，”他说，“全是带给你父亲的。用药说明都写在里面了。”

“哦，太好了！”说不定他们这儿真有能治愈爸爸疾病的药。他抱了下维库斯，“坚持住好吗？维库斯？”

“一定。高飞吧，地上人格雷戈尔。”维库斯说。

“高飞吧。”他说。

“一会儿见！”他们飞到空中，小靴子大喊道。上次，格雷戈尔一想到他们可能会回到这个地方就不寒而栗。而现在，他心里却想着卢克萨和其他人的安危，以至于都不愿离去了。

“一定要让我知道进展啊！”格雷戈尔对着维库斯一行人喊道。但没人回答他，他也远得听不见他们说的话了。

阿瑞斯载着他顺流而下，飞过水路，飞上隧道，回到了那排将他们带回中央公园的陡峭阶梯前。格雷戈尔抱着小靴子，从蝙蝠背上爬了下来。

“你会平安无事吗？”他问阿瑞斯。

“会和你一样好。”阿瑞斯说，“高飞吧，地上人格雷戈尔。”格雷戈尔伸出手，抓住了阿瑞斯递过来的爪子。“高飞吧，飞行者阿瑞斯。”

阿瑞斯飞回了黑暗的隧道中，格雷戈尔和小靴子便径直向阶梯上面爬去。

他花了很长一段时间才挪开石板——石板被冻住了——但最后格雷戈尔还是勉强把它挪开了。外面已经是深夜了，公园里空旷无人,街灯照在覆盖着地面的白雪上,那画面美极了。

“滑雪？我们去滑雪？”小靴子问道。

“现在不行,小靴子。”格雷戈尔说,“下次吧。”等他能找到另一座带小山的公园再说,他再也不会把她往这儿带了。

他们拦了一辆出租车。眼下的纽约城四处充满了节前的气氛,每家每户门前都彩灯闪闪,点缀着圣诞节的装饰物。“你知道今天是几号吗？”他问司机。司机指了指放在仪表板上的廉价的日历,十二月二十三日。他们没错过！等回家后,就可以和家人一起过圣诞节了！几小时前，这个念头他连想都不敢想,而眼下却要成为现实了。他不禁感叹,自己是全世界最幸运的人。

小靴子舒服地躺在他怀里,打了个大大的哈欠。小靴子……灾星……地下王国的人误解了预言,把他们俩混为一谈,可一两年后呢？等灾星长大后呢？他会成为预言中的怪物吗？还是会长成一个完全不同的生物？想到这儿,他也只能寄希望于瑞普瑞德的养育工作上了。

但就算瑞普瑞德把一切都安排得井井有条,时间到了,事态也仍有可能超出他的掌控范围。格雷戈尔的父母都很好,可自己呢？却是个愤怒者。现在他回家了,一定要极其小心,不让自己卷入任何争斗事件才行。此时,他真希望自己当时能和瑞普瑞德好好谈谈他们的情况。“下次等我再下去时……”格雷戈尔想到这儿,浑身一颤。他突然清晰地意识到,一定会有下一次的。现在的他已经和地下王国紧紧联系在一起了,那里有太多让他牵挂的东西:要是卢克萨、欧若拉、太普和傻奇提普还活着的话,一定要找到他们;保护阿瑞斯;帮助那些曾帮助过自己的朋友们。想着想着,目的地到了,格雷戈尔从口袋里掏出仅剩的钱——还是科尔马奇夫人以前给他的。

电梯坏了,他不得不抱着小靴子往楼梯上走。他们穿过前门,走了三步,踏进房间。爸爸首先看见他俩,不敢相信地揉揉眼睛,一把抱住了他们。几分钟后,所有人都醒了看到他们归来,都激动万分。妈妈过来亲吻了他,莉兹不停地摇晃着他的手,奶奶的声音也从卧室里传了过来。大家连珠炮似的向格雷戈尔发问。妈妈双手捧起他的脸,说道:“格雷戈尔,你需要赶快睡觉了,好吗?”他现在看起来一定疲惫极了,急需好好补上一觉。

第二天一大早,他就把自己的故事讲给全家人听。为了不让家人们过分担心,格雷戈尔刻意弱化了那几段可怕的经历。“不过没关系,小靴子不是预言里的宝宝,而是灾星自己。所以现在老鼠们也不会再追着她不放了。”格雷戈尔说。

“我不是宝宝,我是大女生。”小靴子坐在爸爸膝盖上嚷嚷道。她正忙着把沙发上的那几个小塑料动物玩具摆成一排,

"我骑蝙蝠,我游泳。太普困困,我教小飞飞唱小脚指头。"

"那你呢,格雷戈尔?"妈妈问道。

"嗯,我本来可以杀死灾星的,但我没那么做,所以我想老鼠们也不会来找我麻烦了。"但他告诉妈妈王之城的人可能还会来找他。"哦,嘿,看我给科尔马奇夫人带回来了什么。是一只钟。她对我们一直都很好,而且大家都知道她最喜欢这些古董钟了……"

格雷戈尔拉开包裹,一大堆钱飘了出来。他疑惑地把包裹里的东西倒在了沙发上。里面有一只钟,没错。他没想到维库斯还命人把钱也装进来了。现在摆放在地下博物馆里的钱包一定轻了不少,而他们的沙发上则多了至少几千美金。

"哦,我的老天爷啊。"奶奶惊呼,"现在我们要拿这些钱怎么办呢?"

"我们要先把账单付清。"妈妈脸上的表情柔和了不少,坚定地说,"之后我们需要好好过个圣诞节。"

他们照妈妈的话去做了。大伙儿像疯了一样忙前忙后,准备东西。明天就是圣诞节了,可又有什么关系?格雷戈尔、莉兹和妈妈一起去购物,奶奶和小靴子就在家看电视上放的圣诞特别节目,而爸爸就忙着清理要送给科尔马奇夫人的布谷鸟钟。

在还清账单后,他们还剩下足够的钱来过圣诞节。他们先把家里的金属洗衣车拖了出来,把杂货一股脑儿地堆了进去。至少在好几个星期内,格雷戈尔在打开厨房的橱柜时,不用再感到紧张了。接着,他们在街角处卖圣诞树的人那儿用半价买回了一棵树——毕竟马上就要过圣诞节了。莉兹在家里忙着装饰着圣诞树,格雷戈尔和妈妈抓紧时间去买礼物。妈妈不许格雷戈尔离开她的视线,他费了好大一番力气,才买到能让妈妈大吃一惊的礼物。

“妈，我们在八十六街，又不会有什么大老鼠追着我们跑。”他说,“这里有一百多万人呢。”

“你待在我视线范围内就行。”她这么答道。

最后,当妈妈忙着给全家人买袜子时,格雷戈尔给她挑选了一对耳环。

那天晚上,科尔马奇夫人抱着一大堆礼物来拜访他们,应开门的正好是格雷戈尔。

“小先生,你最终还是起床了啊！”她说。

一开始，格雷戈尔还不明白她在说什么，突然他想起来了——这些天他应该得了流感,“是啊,我差点就不行了。”

“你瘦得就跟竹竿儿似的。”科尔马奇夫人说着,递给他一碟圣诞饼干。格雷戈尔也把精心准备的礼物赠给她,期待看到她欣喜若狂的样子,并用照片将此记录下来。果然,一打开包装,科尔马奇夫人高兴得都快疯掉了,“哦,我的上帝啊！你从哪儿弄来的？”

沉默。

“从一个全是旧东西的地方找来的。”莉兹说。

“古董店？”科尔马奇夫人问道。

“哦，不是的，就是个二手店一样的地方。”格雷戈尔的爸爸说道。嗯，反正这话也不假。

科尔马奇夫人走时，格雷戈尔抱着钟，帮她送了回去。她一直喋喋不休地讲她的孩子明天就要回来的事，还说已经买好了百老汇音乐剧的票。正说着，她突然闭嘴了，眼睛紧紧盯住格雷戈尔的脚。

格雷戈尔顺着她的眼神往下看，发现脚上的靴子变得又脏又破。靴子被阿瑞斯的爪子抓过，被鲜血和乌贼的黏液泡过，鞋头还有一个地方凹了进去。格雷戈尔还没来得及给靴子编个故事，科尔马奇夫人就发话了。

“嗯，看来这双鞋也算是物尽其用了。”她说。

格雷戈尔没有说话，她对他们一直都很好，他不能再对科尔马奇夫人说谎了。

“要知道，格雷戈尔，总有一天你会明白，你是可以完全信任我的。”她说。

“我确实信任你啊，科尔马奇夫人。”他嘟囔道。

“是吗？流感，嗯……”她说，“下星期六再见吧。”她摇摇头,关上了家门。

家里的圣诞树已经装扮好了，冰箱里塞满了充足的食物,圣诞袜也挂了起来。除了格雷戈尔和妈妈,其他人都已经上床睡觉了。他俩正在他房间里,忙着包装礼物。在只剩几件礼物还没包装的时候,格雷戈尔离开了妈妈的视线,踮着脚走进起居室,收拾起了东西。爸爸正躺在沙发床上平静地打着呼噜——也许那药终于奏效了。地板上的衣服堆积如山,莉兹已将把它们从门口的挂钩上取了下来,好把袜子挂上去。格雷戈尔着手收拾起衣服,突然,手机从外套口袋里掉了出来。他把手机放回去,又在口袋里摸到了另外一样东西。

外套口袋的底部,静静地躺着尼莉莎给他的预言纸。这卷纸已经在口袋里放了一天,但格雷戈尔一直都没怎么在意。她之前对自己说了什么?好好反思一下?他不知道她这话到底是什么意思。

格雷戈尔摊开预言纸,放在圣诞树的灯光下仔细查看。这预言有点不对劲。他过了好一会儿才发现,上面的字都是按反方向写的。他用手指从右往左地指点着上面的文字,像解密一样读到:“灾星预言”——哦,等等!那个词不是“灾星”,而是“血”。

妈妈抱着一大堆礼物走进了房间，他连忙松开纸卷的上端，让它重新卷起来。

“你准备好了吗？”妈妈问道。

格雷戈尔将纸卷插进屁股上的口袋里，伸手去接礼物。“当然啦。”他说，“状态从来没现在这么好过。”

# 致 谢

感谢我卓越的代理商罗森玛丽·斯提莫拉，我优秀的编辑凯特·伊根，还有学术出版社无与伦比的主编莉兹·森热布拉，是她细心照料了书本上和现实世界中的格雷戈尔。同时我也要感谢学术出版社各位了不起的同仁们，特别是伊丽莎白·厄尔伯格，是她一直指引着我，引领着我进入了公众的视野。

在这里还要特别感谢我的爸爸迈克尔·柯林斯，他于去年溘然辞世。他对本系列小说的创作起到了极大的帮助，随着格雷戈尔旅程的继续，他也将继续伴我左右，与我同行，陪我高飞。同时感谢我的妈妈简·柯林斯，感谢她对这套书的关心和热情的支持。

同时要感谢的还有我的朋友们和家人，感谢他们的鼓励、激情，感谢他们行走于全国各地书店的习惯，是他们的热情讨论和积极宣传，让“地下城”系列书能进入公众的视野。

最后，我要感谢卡普、查理以及伊萨贝尔，是他们让我的付出显得极富价值。